文春文庫

モダン

原田マハ

文藝春秋

目次

中断された展覧会の記憶 7
Christina's Will

ロックフェラー・ギャラリーの幽霊 53
Ghost in the Blanchette Hooker Rockefeller gallery

私の好きなマシン 95
My favorite machine art

新しい出口 129
Exit between Matisse and Picasso

あえてよかった 161
Happy to see you

解説　朽木ゆり子 177

モダン
The Modern

中断された展覧会の記憶

Christina's Will

二〇一一年三月十一日金曜日、午前六時五十五分。よほど疲れていない限り、いつもなら、七時にセットした時計のアラームが鳴り出すほんの少しまえに必ず目が覚める。その朝はよほど疲れていたのだろう、夫に声をかけられるまで、杏子《きょうこ》が自然に目覚めることはなかった。

昨夜、目下進めている博士論文に添付する資料を、マンハッタンの百九十丁目にある自宅アパートのプリンターで印刷していたのだが、これが思いのほか時間のかかる作業だった。夫のディルは、勤勉な妻に付き合うつもりでか、録り溜めていた『ビッグバン・セオリー』を延々と見ていたが、午前一時半頃に「もう寝るよ」と、書斎にあるプリンターの前で腕組みしている杏子に声をかけた。

「明日の撮影《シューティング》は早いんだ。八時半にブルックリンのスタジオ入りだからね」

ディル・ハワードはコマーシャルフォト専門のカメラマンだった。とはいえ、マーク・ボスウィックのように芸術的なファッションシューティングには縁がない。物撮《ブツど》り専門の彼は、ウェブサイトのバナー広告に展開される商品、たとえば「メイシーズ」の家電や家具をスタジオで黙々と撮る。カメラマンには珍しく内向的なタイプだが、誠実な仕事をする。美術館に勤務しつつコロンビア大学で博士論文に挑戦中の杏子にしてみれば、ディルのようなこつこつと仕事に打ちこむ男は一緒にいて安心できるのだった。

「まったく、嫌になっちゃう」と杏子は、おやすみのキスをするために近くへやってきた夫の耳もとに囁《ささや》いた。

「このプリンター、印刷遅すぎ。論文が仕上がったら、印刷するまえに新しいプリンターがほしいな。バースデープレゼントにね。いいでしょ」

四十まえの悪あがきで、三十代のうちになんとしても論文を完成させ、年内には博士号を取得したい。それが、杏子の直近の野望だった。論文の提出期日まであと二ヶ月とちょっと。仕事をしながらの執筆には何かと苦労がつきものだったが、幸い、担当教授も職場も夫も杏子の挑戦を見守ってくれている。やり抜きたい、と強い意志を固めていたのには、彼らへの恩義もあるからだが、本音を言えば、博士号を取得すれば、周りはPh.D.保有者だらけの職場で肩身の狭い思いをしなくてすむ。また、ひょっとするといまの役職《ポスト》である「展覧会ディレクター」から「学芸員《キュレーター》」へ転向する可能性もゼロではない。いわば打算で論文を書いているようだが、実際そうなのかもしれなかった。

ディルに「おやすみ」と告げてから、三十分近く印刷し続けて、インクがなくなってしまったので、観念して寝ることにした。そのまま、夫に声をかけられるまで、ぐっすりと眠りこんだ。

「キョウコ、ちょっと来てくれ。すごいことになってるよ」いきなりドアを開けて、ディルが隣室のリビングから顔を覗かせ、大きな声で言った。「トウホクって、日本のどのあたりのことだい？」

気だるい上半身を起こし、かすんだ目でディルを見た。その顔にはえも言われぬ表情が浮かんでいた。興奮で薄暗く輝いているような。

「トウホク？」その言葉は、スロベニアだかラップランドだか、見知らぬ地域の寒村の名前のように聞こえた。「なんなの？　どうしたの？」

「津波だよ。地震と津波で、全部やられた」泣き笑いのような表情になって、ディルが答えた。

「驚いた。『インデペンデンス・デイ』のラストシーンじゃないかって、目を疑ったよ」

次の瞬間、杏子はベッドから飛び出して、リビングへ駆けこんだ。いつもなら、フォックス5で『グッド・デイ・ニューヨーク』が流れている画面を覆っていたのは、濁流に呑みこまれる町の光景だった。文字通り言葉を失って、杏子は夫とともに画面を食い入るようにみつめた。

いつか、こんな朝があった。ディルと一緒に、声をなくしてテレビをみつめた朝。あれは、いつのことだったか。

そうだ、十年まえの九月十一日。キッチンで、食洗機に朝食で使った食器を入れていたとき、遠くで雷鳴が轟くような鈍い爆発音がした。表通りで車が衝突でもしたのかと思ったが、奇妙なことに、体中の産毛が全部逆立つような気色の悪い寒気が走った。電源を切ったばかりのテレビをもう一度つけてみると、ちょうど二機目の飛行機が突っこむ瞬間だった。ワールドトレードセンターに。

画面を呆然とみつめながら、世界の終わりだ、と夫がつぶやいた。そうだ、あのとき、彼の顔は、やはり、恐怖と興奮で暗く輝いて見えたのだ。

2011.03.13 10:02 Nobuko Hasebe wrote:

親愛なる杏子ハワードさま

お見舞いのメールをありがとうございます。色々とお伝えしたいことが山積していますが、取り急ぎ、あなたがもっともご懸念されている、御館よりお貸し出しいただいておりますアンドリュー・ワイエス作『クリスティーナの世界』が無事であることを、まずはご報告申し上げます。

地震発生直後に作品をチェックいたしましたが、展示壁から落下することもなく、作品そのものにもなんら損傷はありません。これに関しましては、なるべく早い段階で文部科学省指定の絵画保存修復研究所にさらに微細なチェックを依頼し、報告書を作成する予定です。どうかご安心ください。

今回の震災でもっとも甚大な被害に遭ったのは、岩手・宮城・福島、および青森・茨城・千葉の沿岸地域です。杏子さんには二月中旬の作品の搬入時にいらしていただいたので、おわかりかとは思いますが、当館は福島県の内陸にあり、津波の直接的な被害はなんらありません。当館の所在地域の震度は日本の気象庁の基準で「5強」、東京都心部と同程度の揺れだったようです。館内では出入り口付近の天井パネルの一部が剥がれて落下し、また、展示ケース内に常設展示していた当館のコレクション（陶器など）の一部に破損がありましたが、幸いにもけが人はなく、また、開催中だった企画展『アンドリュー・ワイエスの世界』展へ、国内外の各館からお貸し出しいただいていた作品もすべて無事でした。

市内は一時停電、断水もありましたが、三月十三日午前の現在、当館周辺のライフラインは復旧しており、展示室の温湿度調整設備も正常に機能しています。ただ、高速道路の閉鎖や周辺の鉄道路線の閉鎖などがあり、交通・流通にはかなりの乱れが生じています。そのせいか、ガソリン不足、水・食料不足が懸念され、被災地周辺ばかりか東京のほうでもガソリンスタンドに長蛇の列ができ、スーパーからは米や水がなくなるという異常事態に発展しているようです。

以上のような状況に鑑み、『アンドリュー・ワイエスの世界』展は、一時中断せざるを得なくなってしまいました。再開の目処はいまのところ立っていませんが、本展を楽しみにしている多くの市民のためにも、一刻も早い再開を心がけたいと思います。

御館には多大なるご心配とご迷惑をおかけし、真に慚愧《ざんき》の念にたえません。しかしながら、未曾有の震災に直面した福島県民、また日本国民のためにも、どうか寛大なるお心で、引き続き『クリスティーナの世界』を本展にご貸与いただけますことをお願い申し上げます。

館長の久本茂信よりは、追って御館のジェイク・ブロント館長宛にご連絡を申し上げる予定です。ご同僚のルイーズ・バリュモワさんにも、くれぐれもよろしくお伝え下さい。

ふくしま近代美術館　学芸員　長谷部伸子

三月十四日月曜日、午前九時四十五分。

地下鉄Eラインで五番街《フィフスアヴェニュー》／五十三丁目《フィフティサード》駅の構内に降り立ったとき、手の中にあったスマートフォンの待ち受け画面にメール受信のしらせが入った。館長のジェイク・ブロントの秘書からのメール。『至急』のフラグが立っている。出勤したら椅子に座らずすぐに館長室に出向くように。切迫した様子であることが読み取れた。

マホガニーのデスクの向こうに鎮座している館長の面持ちは、出来がいいと思いこんでいた息子が名門校の受験に失敗した直後の父親のようだった。威厳を崩すまいと努めているが、どうしようもない苦々しさが結んだ口もとに滲み出ている。杏子の顔を見るやいなや、「とにかく、お見舞い申し上げるよ」と、まず言った。杏子の両親の母国が被災したことに対してお見舞い申し上げる。館長はそう言っているのだ。三月十一日以降、ジェイクと杏子が顔を合わせたのはこれが初めてだった。

杏子の両親は、若い頃にアメリカに移住した日本人カップルだった。ボストンで小さな貿易会社を営み、両親も会社もいまなお健在だ。杏子はボストンで生まれ育った。翻訳の仕事をしていた母が日本語教育を怠らなかったおかげで、ほぼ完璧な日本語で会話ができる。ただし、日本語の読み書きは英語ほどうまくはない。二十歳のときにアメリカ国籍を取得した。ハーバード大学で東洋美術史を学んだが、その間日本の大学に一年間留学し、「岡倉天心とフェノロサ：茶の心」で学士論文を、「アメリカにおけるミニマルアートと禅の精神：排除する美学」という論題で修士論文を書いた。その後はニューヨークに住み、美術関係機関での転職を繰り返し、アメリカ人男性と結婚して、五年まえにいまの職場に落ち着いた。

ニューヨーク近代美術館《MoMA》の展覧会ディレクターという役職《ポスト》は、学芸員《キュレーター》ではないものの、作品に身近に接し、世界中の美術館と展覧会の巡回や作品の貸し借りに関して交渉する窓口である。アメリカ屈指の美術館に就職がかなったのは、日本にはMoMAファンが多く、日本からの問い合わせも多いので、日米のバイリンガルである自分のような人材が求められたためだろう。人生の最終目標は、MoMAでなくとも、しかるべき美術館のキュレーターに転身することではあったが。

「君のご両親は？」ジェイクは微妙な笑みを浮かべて尋ねた。ほんとうに尋ねたいのはそんなことじゃない、と笑っていない目が物語っていた。「無事なんだろうね？」

「無事です。ふたりともボストンにいますから」杏子は作り笑いをして返した。それから、ひと呼吸置いて、言った。

「『クリスティーナの世界』も無事です。フクシマのキュレーター、ノブコ・ハセベから、昨日メールが入りました。展示室に影響はなかったようで、作品は展示壁から落下もせず、破損はいっさいないとのことです」

ジェイクは青い瞳で杏子をみつめていたが、厳《おごそ》かな声で告げた。

「さきに結論を言おう。『クリスティーナ』を引き揚げることに決定した」

杏子は微動だにせずそのひと言を受けた。しかし、自分の口が勝手に動いてしゃべり出してしまうのを止められなかった。

「それでは契約違反になります。二月二十日から五月八日までの貸出期間中は、いかなる理由であれ、ふくしま近代美術館から外へは作品を移動できない契約になっています。作品が破損したのであれば仕方ありませんが、先方からはなんら問題ないと……」

自然災害、戦争、テロリズム、その他不可抗力の事象、事件の発生時に、展示を続けるには不適切と判断された場合、貸し出し側は予告なしに契約を解除できる。契約書の「解除」の条項の文言を頭の隅に浮かべながらも、杏子は続けようとした。が、ほんの少し語気を強めて、ジェイクが遮った。

「今回の一件が『なんら問題ない』と君は言うのかね？」

今朝早く、ＭｏＭＡで緊急の理事会が開かれた。議題はたったひとつ、『クリスティーナの世界』をフクシマから救出すること。地震や津波による損傷があれば、当然賠償問題に発展するので、まずはふくしま近代美術館からの詳細な説明を求める。また、たとえ損傷がなくとも即刻引き揚げるべきだ。なぜなら――。

「君は、『フクシマ』についてのニュースを見たかい、キョウコ？」

ジェイクの問いに、杏子は黙ってうなずいた。ワールドトレードセンターに二機目の飛行機が衝突したあの瞬間に体中が総毛立った感覚を、昨日テレビを前にして覚えた。いま、館長の前に立ち尽くして、あの感覚が再びよみがえる。

「フクシマで原発が爆発したんだぞ」

ジェイクの声には、信じられない、というニュアンスがたっぷりとこめられていた。

「映像で見る限り、スリーマイル島のケースより事態は深刻なんじゃないのか。それなのに日本人は誰も逃げ出さない。誰も怒らず、声も上げない。電力会社も、日本政府も、誰も謝罪もしなければ、詳しい説明もない。まったくどうなってるんだ、日本って国は」

非難とも感嘆とも取れる館長の言葉に、杏子はなんとも返しようがなかった。彼の率直な感想は、そのまま自分の感想でもあった。しかし『クリスティーナの世界』を即刻引き揚げようなどとは、まったく考えられなかった。

『クリスティーナの世界』は現在ふくしま近代美術館で開催されている『アンドリュー・ワイエスの世界』展の目玉作品だ。あの作品をMoMAが引き揚げれば、他の作品を貸し出している美術館もそれに倣《なら》うだろう。展示作品が歯抜けになった展覧会の再開は難しくなる。つまりは中断されたまま終了する、ということになる。

「理事会の決定は尊重すべきだと……また『絶対である』と、私もわかっています」

落ち着いた態度を装って、杏子は言った。

「それにしても、『クリスティーナ』をフクシマから『救出する』という言葉の意味が理解できません。何から救出するのですか？　作品が破損したわけじゃないし、展覧会は一時的に中断されはしましたが、まだ会期は二ヶ月近く残っているんですよ。それなのに、どうして……」

「私にわかるわけがないだろう。相手は放、射、能、なんだから」いらついた声色で、ジェイクが答えた。

「私ばかりじゃない。今回の原発事故で今後何が起こるのか、いったいどうなるのか、誰にもわからない。しかし、起こってしまってからでは遅いんだ。人間は未知のものを恐れる。恐れるがゆえに、未知のリスクは最大限努力して回避する——違うかな？」

三月十一日に発生した大地震と大津波により、福島の沿岸で稼働していた福島第一原子力発電所が甚大な被害に遭った。その後、ニュースや新聞やネット、日本国政府や電力会社のホームページ、アメリカ大使館、ありとあらゆる情報を探ったが、杏子には何がどうなったのかよくわからないまま、とにかく原発の何かの部分が爆発した。昨日、テレビでその映像を見ながら、夫のディルが、やはりつぶやいた。——世界の終わりだ、と。

その瞬間、杏子の脳裡をかすめたのは、つい数週間まえ、『クリスティーナの世界』を搬入する際に訪れたふくしま近代美術館の光景だった。うっすらと雪を被った小高い山を背景に、その美術館は建っていた。決して大きくはないが、ちょうど降り出した雪の中、落ち着いた色合いのその建物は凜として立つ貴婦人のような印象だった。

成田空港まで迎えにきてくれた、ふくしま近代美術館の学芸員、長谷部伸子が、雪に目を細めながら、まあ最近は地球温暖化の影響もあってこのあたりも大雪はなくなりました、今日はあいにく雪が降って寒いんですが普段はもう少しましです、と言い訳めいた言葉を口にした。まあなんと言うか、クリスティーナを歓迎するため、あれです、花吹雪みたいなもんです。花じゃなくて雪ですけどね。

長谷部伸子から初めてメールが送られてきたのは、三年まえのことだった。二〇一一年、開館十周年を記念して、アンドリュー・ワイエス展を企画している。当館では過去最大規模の展覧会にすべく意気ごんでいる。当館はアメリカ近代美術の収集に力を入れており、ワイエスやベン・シャーンの作品も数点所蔵している。日本にはワイエスファンが多数おり、本格的な展覧会の開催に期待が高まっている。そして彼らの多くは、ワイエスの代表作『クリスティーナの世界』をぜひとも目にしたいと切望している——。

整った文体で、流れるような英語のメールだった。日本の美術館やマスコミの文化事業部から作品貸し出し依頼のメールがくるのは珍しいことではなかった。彼らの中にはネイティブではないかと思うほどこなれた英文をしたためる者もいた。そういう観点からすれば、伸子のメールは特別なものではなかったかもしれない。ただし、たった一行の「追伸」が、あまたある依頼メールとは異なっていた。その一文こそが、杏子の気持ちを強くたぐり寄せたのだ。

追伸

画中の『クリスティーナ』が、草原の中、不自由な体をどうにかひきずって向かう先に、私は、私のふるさと、福島があるのだと勝手に信じています。

「それで、君の業務《ミッション》なんだが……とにかく、行ってきてほしいんだ」

すっかり黙りこんでしまった杏子に、館長は「ミッション」を告げた。ひょっとすると、戦地への任務を兵士に申し渡す上官は、こんなふうに優しく諭すように告げるものなのかもしれない。

行ってきてほしいんだ。私たちのクリスティーナを連れ戻しに——フクシマまで。

クリスティーナの世界　一九四八年作　パネル／テンペラ画　81・9×121・3㎝

アメリカ人画家、アンドリュー・ワイエスが三十一歳のとき制作した彼の代表作である。制作された翌年、ニューヨーク近代美術館に買い上げられた。

ワイエスは、一九一七年、ペンシルベニア州フィラデルフィア郊外のチャッズ・フォードに生まれた。生涯、生まれ故郷と別荘のあるメーン州クッシング以外には移動を好まず、ひたすらその周辺の風景や人物を描き続けた。草原であれば風に揺れる草の一本一本の輝きを、人物であれば血管が透けて見えるほどきめ細やかな肌を描き、「マジック・リアリズム」の代表的画家としてその名を広く知られている。二〇〇九年、チャッズ・フォードの自宅で死去。享年九十一。

虚弱体質だったワイエスは、ほとんど学校にも通わず、挿絵画家だった父から教育を受けて成長した。自宅と別荘の周辺以外に移動しなかった画家は、必然的に自らの周辺の事物に注意深いまなざしを注ぐようになる。極めて鋭い観察眼と対象の本質をも見抜く洞察力を身につけていたワイエスは、別荘の近くに住んでいたひとりの女性を発見する。それが、クリスティーナ・オルソンだった。

クリスティーナはシャルコー・マリー・トゥース病に罹り、足が不自由だった。にもかかわらず、自分のことはすべて自分でやり抜いた。常に前向きな彼女の生き方に、ワイエスは深い感銘を覚えた。その結果、世間からは「不憫な女性」と見なされていたクリスティーナは、画家によって永遠の命を与えられることになる。

横長の画面を枯れた草原がいちめんに覆っている。画面上部を横切っている空に陽光はなく、どんよりとした曇り空だ。その空の下にぽつんと建つ二軒の家。

画面で見る者の目を奪うのは、やや左下寄りの中央に描かれた女性の後ろ姿だ。薄いピンク色のワンピースに包まれた細い体。両手は枯れ草の大地にしっかりと食いこみ、いましも前進しようと力をこめている。か細い髪を揺らして乾いた風が通り過ぎる。過酷な重力に逆らい、懸命に進もうとするその後ろ姿。決して振り向かないその背中。彼女こそが、クリスティーナだ。

「多くの人が不幸の烙印を押すであろう彼女の人生を、彼女は自ら克服した。その力をこそ、私は描きたかった」。生前、ワイエスはそう語った。「彼女は確かに身体的には不自由だっただろう。けれど、心は自由だったのだ」。

誰の助けも借りず、自らの意志で、自らが行きたいと願う場所へ行こうとするクリスティーナ。ワイエスがその姿に見たのは、絶望ではない。光だった。

クリスティーナがいったいどこへ向かっているのか。おそらく画家にもわからなかったことだろう。彼女の行き先を知っているのは、彼女以外にはいなかったのだから。

四月十八日月曜日、午前十時八分。東日本一帯には北東の風が吹き、曇り時々晴れの予報が出ていた。

東北新幹線の車中、窓際の席に杏子は座っていた。昨夜十時過ぎに羽田空港に到着し、空港に併設されているホテルに一泊した。思いのほかぐっすりと眠れたせいか、さほど疲れてはいなかった。それでも、時差ぼけの目にはときおり差しこむ日差しがまぶしく感じられた。

東北新幹線全線での完全復旧は未だ成されていなかったが、東京―福島間は四月十二日に復旧された。さらには四月十六日に、アメリカ国務省によりアメリカ人向けに発令されていた日本への渡航自粛勧告が解除され、福島第一原発周辺半径八十キロ圏内での放射能の健康への影響は極めて低いと正式コメントが出された。

その間、ＭｏＭＡの館長、ジェイク・ブロントと、ふくしま近代美術館の館長、久本茂信のあいだで、メールと手紙とで頻繁なやりとりがあった。その後、こちらが指定した美術専門輸送業者の手配が完了した。ＪＦＫ国際空港から羽田空港へのｅチケットも予約した。成田空港での通関のための書類の準備も進められた。もちろん、一切のコストは先方の負担だ。

すべての手筈が整った。クリスティーナを連れ戻すための手筈が。

夫のディルは、杏子が出発する直前まで渋っていた。公式には大丈夫といわれているけれど、ひょっとすると大丈夫じゃないかもしれない土地へ妻が出向くことを、過敏すぎるほど危惧していた。危惧の念は妻の勤務先にも向けられた。いまは大丈夫かもしれないけれど、何十年か後には大丈夫じゃなくなるかもしれない放射能のリスクが蔓延している土地へスタッフを平気で赴かせるような美術館なんだ。正気の沙汰じゃない、辞表を出すべきだ、などと。その上で、ありとあらゆる「放射能対処グッズ」を妻に持たせようとやっきになった。鼻から顎までぴったりと覆うマスク、ゴーグル、ポリ手袋、ビニールのレインコート。ヨウ素剤まであった。「医者の友人に事情を話して処方してもらったんだ」とディルは明かした。

「冗談はやめてよ」杏子はとうとう笑い出してしまった。「せっかくだけど、私、何ひとつ持っていかないからね」

「ほんとうはガイガーカウンターを持っていってほしかったんだけど、どこのネットショップでも売り切れだったんだよ」ディルは真顔で言った。

それから、不機嫌そうな面持ちを変えることなく語っていた。君の両親の母国だし、アメリカよりずっと長い歴史と独自の文化がある国。困難に直面しても節度を保ち、冷静にふるまう国民。自分は日本が好きだった。けれどもはや、日本という国が信じられなくなった。原発事故から一ヶ月も経って、ようやく「レベル7」と認めた日本の政府。じゃあその間の国民の安全はどうなったんだ？　逃げ出すこともできなかったフクシマの子供たちはこのさきどうなるんだ？　自国民の安全や子供の未来をないがしろにしても事故の重大さを隠蔽する。そんな国に、僕は君を行かせたくないよ。

結局、百歩譲ってマスクだけを持ってきた。新幹線に乗りこんで、座席に落ち着くまえにさりげなく車内を見回してみた。ちらほらとマスクをつけた顔があった。発車後すぐに、マスクを手に洗面所へ行き、つけてみた。マスクをつけたのは、心臓のバイパス手術を受けた直後の母を集中治療室に見舞ったとき以来だった。鏡の中の自分が不穏な人物に見えてしまった。

肘掛けの上に頬杖をついて、マスクをつけた顔を支える。車窓を流れ去る風景の中に、ブルーシートに覆われた家々がいくつもあった。駅に停まるたびに、プラットホームにいる人々の顔にマスクが増えていくような気がした。杏子は、出発直前に伸子が送ってきた端正な英文のメールを反芻《はんすう》した。

杏子さま　膨大な震災後の処理に追われています。ほんとうは羽田までお出迎えにいかなければならないところなのですが、今回ばかりはお許しいただけますでしょうか。こちらでのご宿泊先はお決まりですか。もしもまだでしたら、手配いたしますので、ご遠慮なくおっしゃってください。ご想像の通り、福島市内のホテルはどこもかなり空いていますので、いらっしゃってからご紹介することも容易《たやす》いと思います。また、ささやかながらお礼の夕食会をセットさせていただきます。何かお好みのものがあれば、なんなりとお申しつけください。福島へのお越しを一同お待ちしています。

そのメールを短くない時間眺めて、返信の文面を何度も打ち直した。結局、伸子への返信は、ごく簡潔な当たり障りのない内容になった。

伸子さま　ご提案ありがとうございます。今回は、御館の無駄なご負担を避けるためにも、私の福島での滞在時間はできるだけ限られたものにすべきだと考えています。したがって、作品を検分したのち、ただちに輸送会社のトラックに作品とともに便乗し、成田へ向かおうと思います。どうかご了承ください。

本来ならば、と杏子は思った。

いま、こうして東北新幹線に乗り、福島へ『クリスティーナ』を迎えにいくのは、私ではなかったはずだ。搬入のときには、MoMAの作品管理・修復部門の修復家《コンサバター》、ルイーズ・バリュモワと一緒に、交渉の窓口となった私もふくしま近代美術館を訪問したけれど、搬出のときには、キュレーターかコンサバターか、「クーリエ」としてしかるべき役職の人間が一名、作品に付き添って帰ってくるのがルールなのだから。

美術館の収蔵作品を他の施設に貸し出す際、搬入・搬出時に、貸し出し側の専門家を一名、作品に同伴させる。これが「クーリエ」と呼ばれる役割だ。作品が所蔵館の倉庫から出される瞬間から、空港へ運ばれるトラック、積載される飛行機、到着空港から貸し出し先の施設までのトラック、そのすべてに同乗する。そして貸し出し先で荷解きされて検分《コンサベーション》を終了するまで、すべての行程で作品に付き添う。多くの場合は所蔵館の専門家であるキュレーターやコンサバターがクーリエとして作品とともにやってくる。そうすることで、作品の安全を監視し、美術館同士の人的交流を深めることにも繋がる。

だから、キュレーターでもコンサバターでもない自分が、作品を迎えに（連れ戻しに、と館長は言ったが）いくことなど、本来ならばありえない。

本音を言えば、いずれ、その役職に就けることを夢見ている。そのために必死に論文を書いているのだ。普通に考えればラッキーなことなんだろう。先方の費用で日本へ来られるんだし、向こうでは館長以下全員、下にも置かぬもてなしをしてくれるわけだし。

だけど――。

なぜ、私だったんだろうか。『クリスティーナ』を迎えにいくのが。

搬入時にクーリエとして渡日したルイーズは、今回の福島行きを即刻断ったという。けれどＭｏＭＡにはルイーズ以外のコンサバターもいるし、日本通のキュレーターだっている。

なぜ、わざわざ私が指名されたんだろう。

両親が日本人だから？　日本語がしゃべれるから？　先方とやりとりしている窓口だから？

それとも、「レベル7」となった場所へ、文句も言わずに赴く人間がほかにいないから？


ふくしま近代美術館の入り口の周囲に、桜の木が何本も連なって立っていた。

二月、作品の搬入時にクーリエとともに杏子が初めて訪れたときには、細やかな雪が降っていた。美術館の敷地内にあるすべての木々は葉を落とし、痩せた灰色の枝を冷気の中にさらしていた。

いま、すべての枝に花が咲き誇っていた。少女時代にはボストンの桜祭りを楽しみにしていた杏子だったが、これほどまでに猛烈に咲く桜を目にしたのは初めてだった。寒い地方の桜ほど怖いくらい絢爛に咲くのだと、母に聞かされたことがある。母は青森・弘前の出身だった。杏子が生まれた当時には元気だった祖父母は、杏子が五歳になるまえにどちらも他界した。だから、杏子には、赤ん坊の頃に訪ねたという母の故郷の記憶もないし、日本の寒い地方の桜を見ることは今日までなかった。そして、怖いくらい絢爛だという母の表現に間違いがないことを、たったいま知った。

薄くれないの花びらがそこかしこに舞い、杏子の目の前をかすめてゆく。思わず手を伸ばしたが、指先に触れもせず、花びらは風に運ばれていった。

震災以来閉館している美術館の敷地内はひっそりしていた。背後に立つ小高い山は若々しい緑に包まれ、光を放っていた。俳句の季語に「山笑う」というのがある、と留学時代に学んだことがある。山いっぱいに新緑が萌え出る様子をいうのだと。山を擬人化した日本らしい表現をおもしろく感じたものだ。ああいう状態のことなのかな、と杏子は、清々しい山の景色を眺めて思った。確かに、山が笑っているような気がしないでもない。

それにしても、何ひとつ変わったところが見当たらない。建物が損壊したわけでもないし、被災した人々が避難しているわけでもない。素朴な漁村の日常を一切呑みこんでしまった津波の光景を、あるいは原子炉建屋が――日本政府の公式な表現では「原子炉建屋が水素爆発した」となっている。「原発が爆発した」のではない――爆発し白煙を噴く場面を、繰り返し画像で見ていた杏子の目には、静寂に包まれた美術館の様子は不思議な感動をもって迫ってくるようだった。遠景では山が笑い、目の前では桜の花びらが舞い落ちる。天上的な風景と言ってもよかった。その中をマスクをつけて歩いていく自分が、いっそ不気味だった。

美術館の職員通用口で、長谷部伸子が杏子の到着を待っていた。マスクをしていない伸子を見て、杏子は自分の顔を覆っていたうっとうしい布を急いで剝ぎ取った。そして精一杯の笑顔を作ってみせた。

伸子は少し緊張しているようだったが、「わざわざ、どうも」とぶっきらぼうに言った。そういう態度が彼女のくせなのか、他の日本の友人の中にはこの手のタイプはいなかった。少々斜に構えた物言いをするような。

「このたびは、ほんとうに大変でしたね。心からお見舞い申し上げます」

そう告げて、杏子は頭を下げた。日本人に会ったときには、握手を求めるよりもそれが礼儀と心得ていた。つられるように伸子も会釈をした。

「輸送会社のスタッフも、すでに待機しています。いつでも作品を検分していただけます」

それから、「ほんとうに今日、すぐに成田へ向かうんですか?」と尋ねた。「昨夜遅く到着されたばかりですよね」

「ええ」と杏子は努めて平然と答えた。「ご心配なく。こういうタイトなスケジュールは、よくあるんですよ。現地ゼロ泊二日、なんていうこともあるくらいで」

とっさに嘘をついた。さすがにそこまでの強行軍は経験がない。けれど「フクシマでの滞在時間を極力短くする」というのが、勤務先の人事部からの注意事項であり、夫の願いでもあった。

「ああ、そうなんですか」さして関心なさそうに、伸子は受け応えした。

伸子に連れられて、杏子は館長室へ出向いた。途中、天井や展示ケースなど、館内の損傷箇所ですでに修復済みの場所にも案内してくれた。すでにすっかり直されていたので、テレビで見た「世界の終わり」のような震災があったなどとはとても信じられなかった。

「何も変わりないように見えますね」と言うと、

「何も変わりありませんよ。見た目にはね」伸子が淡々と応えた。

学芸部には十名以上のスタッフが詰めていたが、マスクをしている者はひとりとしていない。物音ひとつしない部屋の中で、おそらくは中断された展覧会の事後処理を黙々と行う姿は、大学の研究室か、さもなければ修道院のような静謐《せいひつ》さに満ちていた。

館長室の久本茂信は、窓辺に佇んで春爛漫の風景を眺めていた。杏子の姿を見ると、

「遠路はるばるいらしていただき、ありがとうございます」と頭を下げた。

館長室内の来客用ソファに久本と杏子は腰を下ろした。伸子が運んできたお茶を一口啜ると、久本は、「正直、残念です。展覧会の中止は」と切り出した。

「ワイエス展は、十年まえの当館の開館時から、私どもが切望していた企画でした。どうにか開催にこぎつけられたのも、御館から『クリスティーナの世界』を貸し出していただく快諾を得られたからです。あれが出ると決まってからは、他の館からも『うちのワイエスも出そう』と言っていただいて……大変スムーズに展示作品を揃えることができました。うちのような地方の小美術館が、独自でこのような展覧会を開くことができたのは、御館の『クリスティーナ』があったからこそだと思っています」

そこまで一気に話してから、もう一度、「残念です」と、聞こえないくらい小さなため息をついた。

残念なのは杏子も同じだった。この業界に身を置くようになってから十五年以上経つが、「展覧会の中断」に遭遇したのは初めてだった。展覧会とは、一度始まったら会期をまっとうするのが当然のものだと思っていた。そのためにこそ、自分の存在理由もあると信じていた。

展覧会は、規模にもよるが、通常二年から五年程度、場合によっては十年もの準備期間を経て開催される。その間、担当学芸員や美術展コーディネーター——日本の場合はマスコミの文化事業部――そして杏子のような展覧会ディレクターが、自館の企画展に引っ張り出したい作品を所蔵する美術館や収集家、アーティストと、丁々発止のやりとりをする。場合によっては巨額の予算が動く。多くの関係者を巻きこむ。展示のセンスや知識ばかりがものをいうのではない。政治力、交渉力、そして忍耐力がなければすぐれた企画展はとても実現できないのだ。そして何より、アートと作品への愛情がなければ。

杏子は返す言葉に窮した。久本は、わずかな沈黙のあと、

「ほんとうに、このたびは申し訳ありませんでした」

唐突に詫びた。そして、あらためて深々と頭を下げた。館長の隣に座った伸子は、杏子を見据えたままだったが、館長が頭を上げた瞬間に、ぐらりと頭を前に倒した。お辞儀というよりは、大きくうなずくような所作だった。杏子は面食らって、「え……いいえ、そんな」と思わず首を横に振った。

「なぜ謝るのですか。御館に非はありません。悪いのは……」

悪いのはこっちのほうだ、と言いかけて止めた。

館長同士のやりとりで、「被災し傷心した福島県民のためにも」展覧会継続の意志を示していた久本を、ジェイク・ブロントは、慇懃に、しかし断固として突っぱねた。

「お気持ちはお察しします。日本とフクシマの現状を鑑みれば心が痛みます。しかしながら、『クリスティーナの世界』の即時返却の要求は当方の理事会ですでに決定されたものです。この決定は、いかなる事情、また心情をもっても覆りません」

自分が『クリスティーナ』を迎えにきたのは、理事会の決定によるものだ。ここで「自分たちのほうが悪い」というわけにはいかないし、実際、悪くなどない。同時に、ふくしま近代美術館だとて、なんら謝る理由はないのだ。

杏子には少なからず日本人の友人知人がいる。彼らはよく「すみません」「ごめんなさい」と口にする。どうということのない場面でも、彼らはすぐに「ごめんなさい」と言うのだ。それとは対照的に、安易に謝罪するのは負けなのだと多くのアメリカ人は思っている。杏子はアメリカ社会の中で育ち、自然にそう心得ていた。一方で、物事がこじれてしまうまえにとにかく謝罪する日本人の感性に、感心したり頼りなく思ったりすることもあった。彼らはとても優しい。けれど、ときに優しすぎると。

久本は、戸惑う杏子の目を見て言った。

「確かに、今回の震災と原発事故は、私どもには不可抗力の出来事です。しかし、結果的に御館にご迷惑をかけ、あなたを急きょ来させてしまった。あなたを、こんな……」

久本は一瞬、言葉を区切った。それから、はっきりと言った。

「こんな危険なところへ」

杏子は息を止めた。伸子はその様子を瞬きもせずにみつめていた。

収蔵庫横の荷解き室に、杏子は佇んだ。

目の前に『クリスティーナの世界』が置かれている。画面の中で、不自由な体をねじりながら、力強く前進しようとするクリスティーナ。華奢な後ろ姿が振り向くことはない。前だけを向いて進む、強い意志に満ちた背中。

杏子のすぐそばに伸子も佇んでいた。美術品輸送会社の専門スタッフが四名、作品を取り囲んでいる。検分をするときに、作品を動かしたり、画面と背面の前後を返したりして、手を貸すためだ。

企画展示室にあった作品はすべて撤去され、一時的に収蔵庫に保管されていた。三月十一日の大地震後、何度も余震があった。通常なら専門スタッフに移動を依頼するべきところだが、相次ぐ余震からすぐにでも作品を守るために、美術館のスタッフ総出で収蔵庫へ運んだという。『クリスティーナ』は真っ先に移動された。男性職員二名で運んだが、伸子がそれにぴったりと付き添った、ということだった。

作品は床に敷かれた分厚い布の上に置かれ、壁に立てかけられていた。杏子は少し離れたところから、まず作品全体を眺めた。二ヶ月まえ、この美術館に運びこまれ、展示室の壁に掛けられたとき、画面の隅々まで輝いているように見えた。ワイエスの個展のハイライトとして展示された効果もあったからだろうが、この絵はこんなにもすばらしかったのかと驚嘆せずにはいられなかった。

いま、あらためて向かい合って見ると、作品の発するオーラは普通ではなかった。魔力と呼びたいくらいの強烈な引力に抗《あらが》い切れない気持ちで、杏子は画中のクリスティーナに視線を注いだ。

枯れた草原、果てしない大地を、どうにか前進しようとする後ろ姿。その後れ毛を無情に揺らす乾いた風。もの皆死に絶えたかのように殺伐とした世界で、彼女はたったひとり生き残った人類であるかのようにすら見える。それでも生きることを望み、前進することと以外眼中にない。まっすぐで、健気で、ひたむきで——生きることに貪欲な、ひとりの人間。

杏子は床に膝を突き、小型のノートパソコンを開いた。オンラインでMoMAの作品管理・修復部門と継《つな》がっている。報告書《コンディション・リポート》に作品の状態を書きこみ、本来クーリエとして来る予定だったコンサバターのルイーズ・バリュモワのメールアドレスに即時送る段取りだ。福島とニューヨークには十三時間の時差があった。ニューヨークは深夜二時近くだが、ルイーズも作品検分にリアルタイムで付き合い、杏子とチャットで継がってコメントする約束になっていた。

出発まえにルイーズに検分作業のレクチャーを受けていた。両手に薄手の布手袋をつけ、ゴーグルタイプのヘッドルーペを装着する。ペンライトを取り出し、作品に近づける。画面の左上から、二十センチ四方で区切って、ゆっくりとライトを当て、目を凝らす。損傷、亀裂、絵の具の剝落、汚れなどがないか。手元のパソコンには、搬入時にルイーズが作成した詳細な検分リポートがある。搬入時といまと、画面に変化がないかを入念に調べる。その一部始終を伸子が見守っているのを、背中に感じていた。

伸子の報告通り、作品になんら損傷や変化は見当たらなかった。急いでコンディション・リポートを書き、ルイーズが作成したチェックシートの「問題なし」の□《ボックス》の中にチェックを入れていく。あとは……。

杏子は傍らのトートバッグの中を手探りした。思いがけず、苦しいほど胸の鼓動が高まった。が、やらざるを得ない。業　務《ミッション》なのだから、と自分に言い聞かせる。

杏子がバッグの中から取り出したのは、放射線量測定器だった。伸子の視線が背中に突き刺さる。息を詰めてスイッチを入れた。

出発まえにルイーズからこれを手渡されたとき、杏子は青ざめた。そして、いったいなんのために？　と語気を強めて抗議した。放射線の線量を測ったところでどうすることもできないでしょう？　もし作品が放射能に汚染されてたら洗浄するっていうの？　だいいち、あっちの学芸員の目の前でこれにスイッチを入れるなんて……。ルイーズは、肩をすくめて首を横に振った。私にはなんとも答えられないわ。抗議するなら上に言ってよ。私は上から言われた通りのことをあなたに伝えてるだけ。……もしも予想以上に放射線量が高かったら、私はむしろ、あなたのことが心配よ。確かに作品も心配だけど、私は正直、危険な地域へあなたにこれを持っていかせるってこと自体、どうかしてると思う。

じりじりと熱線が焼けるような音が小さな黒い箱の中から響いてくる。杏子は息を詰めたまま、測定器を作品の表面に近づけた。顔が火照って仕方がなかった。どうにもつじつまの合わないことを自分はしている。クリスティーナの背中に放射線測量器を突き付ける異常。扱い慣れない機器をたどたどしく作品に突き付ける自分の背中を、誰かに監視される異様――。

数値を表示する液晶画面を伸子の視界に入れたくなかった。数値を一瞬で確認すると、すぐにスイッチを切って、チェックシートの「放射線数値」の箇所に数字を打ちこんだ。指先が震えて、キーがうまく操れず、三度、記入し直した。

完成したリポートとチェックシートに素早く目を通して、ルイーズに送る。パソコンの画面上にあるチャットのボックスで、ルイーズとのやりとりが始まった。

――ハイ、キョウコ。受け取ったわ。五分待ってて。

――オーケー。

「問題ありませんでしたか」

背後で伸子の声がした。平らな、感情を殺した声だった。杏子は立ち上がると、「ええ。私の見たところでは」と振り向かずに答えた。伸子の目を見るのが、いまはなんとなく憚《はばか》られた。

「コンサバターのルイーズ・バリュモワとオンラインでやりとりしています。いま、彼女が私の作成したリポートをチェックしているので、数分待っていただけますか」

ものの二分でルイーズがコンタクトしてきた。

――確認しました。問題ないようね。

杏子はようやく息をついた。すぐに返信を打つ。

――ではこれから作品を梱包、輸送車に積載し、成田に向かいます。お付き合いありがとう。

早々にチャットを終了させようとすると、ルイーズが『ちょっと待って』とたたみかけるようにメッセージを送ってきた。

――ところでこの放射線量の数値は高いの？　低いの？

杏子は「放射線量」の文字をみつめた。この奇妙な言葉がメールで使われるのを初めて見た気がした。

――わからない《ノー・アイデア》。

二語で返した。数秒後、『了解《ガット・イット》。幸運を祈る《グッド・ラック》』と四語の返信を得て、チャットは終了した。

予定よりも一時間早く、作品の検分、梱包、輸送車への積載が完了した。

これから五時間以上かけて、トラックで成田空港方面へ、原木《ばらき》の保税倉庫に向かい、作品の通関手続きを開始する。杏子は空港近くのホテルに泊まり、明日夕刻の便で作品とともにＪＦＫ国際空港へ向かう手筈が整っていた。

どんな些細なことであれ、ていねいで的確な日本人の仕事ぶりに、杏子はこの展覧会を通じて何度も感嘆させられた。中でも伸子の仕事ぶりはすばらしかった。アメリカ人でも使わないような整った英語の文面。英語をしゃべるのはそんなにうまくないようで、ルイーズが来日したときには積極的に話しかけようとはしなかった。日本語での物言いはそっけないくらいだったが、かえって彼女の誠実さを表しているようにも感じられた。この展覧会を作りたい、やり抜きたいという強い意志。何より、『クリスティーナ』への一途な思い。

美術館のロビーの北側は、壁一面が大きなガラス窓になっていた。そこから一直線に並ぶ桜の木々が見渡せた。それは一枚の巨大な絵のように見えた。遅い午後の日差しを受けて、満開の桜が雪のように花びらを風に舞わせていた。

帰るまえにもう一度よく桜を見たいと希望すると、伸子は杏子をロビーへ連れてきた。桜の花吹雪を浴びる想像をしていた杏子に、「外には出ないほうがいいです」と伸子は真顔で言った。今年はこの辺では花見はだめです、と。

「毎年、花見はしていたんですか」杏子が尋ねると、

「ええ、まあ。日本人ですから、いちおう」伸子が答えた。

伸子は、一見して自分と同年代のようだった。誰と行くのだろうか、とかすかに興味が湧いた。かれこれ三年もやりとりをしながら、お互いプライベートなことを話す機会

がなかった。

「どなたと行くんですか。ご家族と？」

伸子は一瞬、口ごもったが、

「母と、娘とです」

そう答えた。

「娘さんがいらっしゃるんですか」と杏子は少し驚いて尋ねた。

「ええ、まあ」伸子は、別に隠すことでもない、というふうに続けた。

「夫と、何年かまえに死別しまして。母と私と娘と、女ばっかり三人の家庭です」

小学校三年生の真由は、絵を描くことが好きで、美術館に行くことも大好きだった。今年になってからは、伸子が家に持ち帰ったアンドリュー・ワイエスの画集を毎日眺めていた。特にお気に入りだったのは、『クリスティーナの世界』だった。この作品が母の勤務先にやってくると知って、指折り数えて待っていたという。

「展覧会が始まって最初の日曜日に、母に娘を連れてきてもらったんです。前の日から興奮しちゃってね。せっかくだから、私の昼休みに合わせて来てもらったんですけど」

美術館に着くと、迎えに出た自分の目の前を素通りして、真由は一目散に会場へ走っていった。走っちゃだめ！　と思わず大きな声で制止したが、もう何も聞こえないようだった。急いで追いかけると、『クリスティーナの世界』の前にできた人だかりの最前列に立って、のめりこむようにみつめていた。

あんまり一生懸命に見入っているものだから、叱るタイミングを逸してしまった。真由はいつまでも絵の前を動かなかった。伸子は黙って会場を出た。そして出口で彼女が帰ってくるのを待った。一時間ほどして、母とともにようやく娘が現れた。喜びに顔を輝かせて。

――ねえ、お母さん。クリスティーナにね、いっぱいいっぱい、話したよ。がんばってね。がんばってね。負けないでね。真由もがんばるからね、って。

真由はワイエスの画集を見ながら、母に『クリスティーナの世界』について話を聞かせてもらっていた。病気で足が不自由なのに、なんでも自分でできたクリスティーナ。この絵は後ろ向きでしょ？　なんでかっていうとね。クリスティーナがいっつも前を向いて生きてるってことを、画家がみんなに見せたかったからなんだよ――と。

「そうだったんですか」杏子は、胸の中が熱いもので満たされるのを感じた。

「じゃあ、展覧会が中断されたことは、まだ真由ちゃんには……」

「もちろん、伝えました」きっぱりと伸子が言った。

「事実は事実ですから。地震があって危ないから、クリスティーナはおうちへ帰る、って。そうしたら……」

よかったね、と娘は言った。

――クリスティーナは自分で福島に来てくれたんだよね。それで、自分でおうちに帰るんだよね。よかったね。

いま、目の前に伸子の娘がいたら間違いなく抱きしめるだろう。そんな思いに突き動かされて、杏子は、自分でも思ってもみなかったことを口走った。

「失礼かもしれませんが……今後、真由ちゃんをどうなさるおつもりですか」

このさき、こんな会話を伸子と交わすこともないだろう。もう会うこともないかもしれない。だから、言ってしまいたかった。

「このまま福島で子供に生活をさせるのは、いい影響があるとは思えません。娘さんの一生を左右する重大な時期だと思います。他の県か、できれば外国に移住されたほうがいいんじゃないでしょうか」

伸子は口をきゅっと結んで杏子の言葉を受け止めた。少し強い風が正面から吹きつけてきた、そんな表情で。

「私の知り合いでも、子供を連れて他県に避難できる人はそうしています。子供だけを他県の親戚や知り合いに預けて転校させている人も。そうできる人たちは、ぜひそうするべきだと私も思います。けれど、大多数の人たちには捨てられない日常があるんです。それが現実なんです」

福島の人間にとって、いま、困難な時期であることは間違いない。けれど、自分にも新しい使命が与えられたと思っている──と伸子は言った。

「子供を外で遊ばせたくない親御さんたちから、美術館の早期再開を望む声が寄せられているんです。だから、子供が外に出ることを忘れてしまえるような展覧会を企画できないかなあ、なんて考えてます。うちの子だって、夢中になったんだもの。『クリスティーナの世界』に」

窓の外の桜吹雪に視線を放つ伸子の横顔を、杏子は見守った。この二ヶ月の間で明らかにやつれた横顔。けれど、不思議な力に充ちていた。もしもクリスティーナが振り向いたら、こんな顔をしているかもしれない。そんな思いがよぎった。

思い出したように腕時計を見遣った伸子は、

「ああ、ごめんなさい。おかしな話をして、お引き止めしてしまって」

そう詫びた。

「いえ、いいんですよ。私が桜を見たいと言ったから」

初めてここへやってきたとき、雪が降っていた。『クリスティーナ』を歓迎するための花吹雪だ、と伸子が言った。今度こそ、クリスティーナは見送られている。雪ではなく、いちめんの花に。

杏子は、ごく自然に右手を差し出した。伸子は、一瞬、躊躇《ちゅうちょ》したが、こわれものにでも触るように、そっと杏子の手を握った。伸子の薄い手を固く握り返しながら、杏子は言った。

「あなたに会えてよかった。来てよかった。福島へ」

すなおな言葉がこぼれ出た。一瞬、伸子の顔がやわらかく歪んだ。その表情に、会ったこともない伸子の娘の面影が重なって見えるようだった。

離した右手をジャケットのポケットに入れ、伸子は言った。

「あの……お渡しすべきかどうか、迷ったんですけれど、これ……」

ポケットから取り出したのは、一枚のラベルだった。

展覧会に出品された作品には、その展覧会での通し番号や作品の所蔵者を記録したラベルが付けられる慣習がある。絵画ならば背面に貼られるのだが、物理的に貼るのが無理な作品や、現代アートの場合は輸送箱《クレート》に貼られることもある。著名な作品であればあるほど、さまざまな美術館のさまざまな展覧会に出品された記録として、たくさんのラベルが貼られている。いわば作品の勲章のようなものだ。どれほど多くの国や地域へ旅をし、どれほど有名な美術館で展示されたか。そしてどれほど歴史に残る名展覧会に出品されたか。ラベルは、個々の展覧会の記録であり、作品に刻印される記憶のようなものだった。

『クリスティーナの世界』にも、当然多くのラベルが貼られていた。ここに到着したとき、ルイーズと杏子とともに、伸子も一緒になって作品の背面を検分した。展覧会ラベルを見てもいいですか、と初めて声を弾ませた。そして、独り言のように呟いていた。ずいぶんいろんなところへ行ってきたんだなあ、とうとうここへ来てくれたか。

「中断されてしまった展覧会のラベルを貼るべきか否か、学芸会議で検討したんです。そんなの意味ないんじゃないかって意見も出ました。結局、結論が出なくて。私は……ほんとうのことを言うと、なんでもいい、クリスティーナが福島へ来てくれた記録を残したかった。クリスティーナに、福島を記憶してほしかった。でも、結局、館長の『そっとしておけ』の一言で、あきらめました」

伸子は、両手の上にラベルを載せて、杏子に差し出した。

「なんの役にも立たないってわかってます。でも、持っていってくださいませんか。クリスティーナと一緒に」

杏子は、よれて皺の入ったラベルを受け取った。日本語と英語で表記された印字。

ふくしま近代美術館　開館十周年記念　アンドリュー・ワイエスの世界展
アーティスト：アンドリュー・ワイエス（一九一七―二〇〇九）　タイトル：クリスティーナの世界　制作年：一九四八年　素材：パネル／テンペラ　サイズ：81・9×121・3㎝　所蔵：ニューヨーク近代美術館
展覧会会期：二〇一一年三月五日―五月八日　会場：ふくしま近代美術館／福島県福島市、日本

杏子は、ラベルを両手で包みこんだ。合わさった両手は、自然と祈りのかたちになった。そして、ささやくように言った。

「クリスティーナは、きっと、自分で決めてここへ来たんですよ」

――私がそうだったように。

伸子は黙って杏子をみつめていた。怒ったような表情だった。涙をこぼさないために、頬に力を入れすぎているのだとわかった。

2011.04.19 01:14 Kyoko Haward wrote:

ディル、

いま成田空港。『クリスティーナ』の通関待ちのあいだにメールしてます。日本での任務、無事遂行。結論として、フクシマへ行ってよかったと思っています。

フクシマでは、あなたが恐れていたようなことは現時点では何も起こらなかったわ。だから心配しないで。

今日の帰りは遅くなるけど、例によって『ビッグバン・セオリー』の録画でも観ながら、待っててくれたらうれしいな。

ねえディル、私、決めたんだけど――もう一度、フクシマに戻るって。

フクシマの子供たちのための展覧会を、ＭｏＭＡとふくしま近代美術館、共同で企画したらいいんじゃないかって思いついたの。ピクニックに行くような気分になる、思いっきり楽しい展覧会を作る。ＭｏＭＡとふくしま近代美術館、両方のコレクションをふんだんに使って、日米のアーティストに呼びかけて、子供のためのワークショップも企画して……窓口は私が担当する。私のカウンターパートは、もちろんノブコ・ハセベよ。帰ったら、即、館長に相談するつもり。理事会にもかけあう。簡単なことじゃないけど、私、きっとやってみせる。

ほんとはね、ディル。フクシマにもう一度戻ってくるって、私が決めたんじゃない。館長には言えないけど、あなたにだけ、ほんとのことを言っておきたくて。

実はね。クリスティーナが決めたのよ。あなたも知っての通り、彼女、こうと決めたら前進あるのみ。だから、ついていくの。私、彼女に。どこまでも。

論文はどうするんだ、って言わないでね。とにかく、いま、始めたいの。どんなことでもいい、フクシマの未来につながる何かを。

愛するディル、もうすぐ帰るわ。待っていてね。

ロックフェラー・ギャラリーの幽霊

Ghost in the Blanchette Hooker Rockefeller gallery

スコット・スミスが、その風変わりな青年を初めて見かけたのは、十二月の下旬、冬至の日のことだった。

べつだん、その日が「冬至」であると意識したわけではない。冬至どころか、夏至の日も、春分の日だろうが秋分の日だろうが、カレンダーに小さく印字されてある季節の節目の日のことなど意識したこともなかったし、実をいうと、サンクスギビング・デーやクリスマスですら、ことさら意識したことはない。それどころか、自分の誕生日ですらも、そういえば今日だったな、とベッドに入って明かりを消す直前に思い出したりする始末である。だから、その日が冬至であることなど、彼にとってはなんの関心も関係もないことだった。日が暮れるのがやけに早いな、という程度で。

いかなる季節のイベントにも興味を持たないスコットだったが、日の長い短いには、いつも自然と気持ちが向かう。彼が勤務している美術館には、たくさんの窓があるから、外が暗くなってきたなと気がつけば、腕時計をちらりと見る。黒い肌の上の腕時計は、ハイスクールに入学したときに、いまは亡き母が贈ってくれたものだ。

仕事が終われば、アパートがあるクイーンズまで地下鉄Eラインでさっさと引き揚げて、駅のすぐ近くにある行きつけのバー「ハリーの店」でウィスキーを一杯やってから帰るのが、何よりの楽しみだ。彼と同じような黒人の労働者も、白人の教師も、アジア系の学生も、一緒になってわいわいと酒を飲む、とてもいい止まり木だった。

その日、彼が監視員《セキュリティ・スタッフ》として勤務するニューヨーク近代美術館《MoMA》の展示室内《ギャラリー》は、いつもに比べると人出がなかった。エスカレーターが一階から四階までの吹き抜けを貫いている「ガーデン・ホール」の、彫刻庭園を一望できる大きな窓が、見る見るうちにちめんの暗い鏡になっていくのがわかる。

ちらりと腕時計を見ると、まだ午後四時過ぎだった。暗くなるのがずいぶん早くなったな、と何気なく考えて、そういや冬至じゃないか、と気がついた。

カレンダーに無頓着な彼が、なぜそんなことを唐突に思い出したかといえば、今朝、ニューヨークのローカルテレビ局「NY1」で、「冬至の日には自殺率が高まり、夏至の日には低くなる」というような話題が取り上げられていたからだ。夏には気分が上がっても、日が短くなれば死にたくなる、というのは、なんとなく人間の生理のような気もする。罪つくりな話題だな、とスコットは思った。この番組を見て、今日じゅうに死にたくなる人間が増えなけりゃいいが。

一九九九年十二月二十二日。あと三日でクリスマスが、十日で二〇〇〇年代がやってくる。そして一時間半ほどで、ギャラリーを閉める――つまり、仕事から解放される時間がやってくる。

スコットのその日の受け持ちは、美術館の四階にあるブランチェット・フッカー・ロックフェラー・ギャラリーだった。

監視員は、その日によって持ち場が違う。展示面積が五千平方メートル以上もある美術館のギャラリーを監視するのは、決してたやすいことではない。持ち場の広さもさることながら、この美術館には、実にさまざまなタイプの人間がやってくるからだ。言動におかしなところが見られる人間は、入り口のセキュリティでチェックされ、入場を断られる。しかし、ギャラリーの中へ足を踏み込む人間は、安くない入場料を支払って――あるいはメンバーシップを手に入れて――来ているのだ。美術館にとっては、大切なお客《ヴィジター》である。が、監視員にとっては、常に「作品に悪さをしないか」嫌疑を持って接する対象なのだった。

スコットが二年まえにこの美術館で勤務を始めたとき、「警備部門《セキュリティ・デパートメント》」の部門長、サム・ティルマンに最初に教えられたこと。それは、「ヴィジターを、敬意をもって疑うこと」だった。九十九・九パーセントのヴィジターは、敬意を払うべき美術館のサポーターである。入場料を支払っている限り、彼らは全員この美術館の支援者だ。けれど、ほんの〇・一パーセントであっても、「作品に悪さをする《ヴァンダリズム》」可能性がなくならない限りは、徹底して疑う必要性がある。ゆったりと作品を眺めている、一見穏やかそうな鑑賞者が、口の中でこっそりと噛んでいたチューインガムを、モネの「睡蓮」に向かって吐き飛ばさないという保証は、どこにもないのだから。

そんなわけで、スコットは、ロックフェラー・ギャラリーの中を動き回るヴィジターを、いつも通りにまんべんなく注視していた。

いい季節の週末には、このギャラリー内はパンクしそうなほど混み合う。しかし、その日は、外の気温は華氏二十三度、平日、クリスマスまえ、閉館まぎわ、それに冬至だからかどうかは知らないが、色々な条件が重なって、室内には三、四名ほどの鑑賞者がばらけて立っているだけだった。

ＭｏＭＡの館内はフロアごとに展示カテゴリーが分かれている。いちばん人気のある印象派・後期印象派・近代の絵画・彫刻部門は最上階の四階、以下、ドローイング部門、写真・映画部門、デザイン部門、特別展示部門等に分けられている。ＭｏＭＡの場合は、メトロポリタン美術館のように時代やカテゴリーや国が広範囲にわたっているわけではなく、十九世紀後半から近代、現代までをカヴァーしている。だから「メトに比べりゃましだ」と、ボスのサムが言っていた。何がましなのか、美術にちっとも造詣がないスコットにはよくわからなかったが、要するに、守備範囲が狭くて済む――つまり、警備範囲が狭くて済む、というような意味なのだろう。

展示してあるどの作品も、美術館にとっては等しく重要である。しかし、中でも特別に重要なものが何点かある。美術史的観点から見ても、人気の度合いからいっても、特別視されているいくつかの作品。それらに関しては、ことさらに「警戒レヴェルを上げておくこと」と、新入りの監視員はしっかりと釘を刺される。スコットも例外ではなかった。スコットは、サムに連れられて、館内の最重要作品を見て回った。美術史などに理解はないし、正直、どれを見ても、どこがいいのか、何がそんなに重要なのか、さっぱりわからなかった。

ぎりぎり、モネの「睡蓮」はわかる気がした。ぼんやりふやけたような画面には、光がヴェールのようにうっすらとかかっているように見えて、大画面の前に佇むと、その光に包まれているような気分になってくる。じっとみつめるうちに、絵の中に吸い込まれてしまいそうになったことが、実は、一度や二度でなく、何度もあった。ボスには、常々「絵じゃなくて人のほうを見ろ」と言われているので、そんなおかしな気分になったことなど、とてもじゃないが誰にも言えなかったが。

ゴーギャンが太い線でしっかり描いたタヒチの女や、ゴッホの描いたぐるぐるうずまく糸杉と夜空の星々などは、なんとなくおもしろい気がした。ルソーの「眠れるジプシー女」や「夢」なんかも、お伽噺の一場面を見せられているようで、不思議にぐっと引っかかるものがあった。が、これらの作品が、世間一般でいうところの「代表作《マスターピース》」なのかどうかは、正直、わからなかった。

現代アートは、特にやっかいだった。この美術館のポリシーは、「近代以降の、我らの時代のアートを取り扱う」とかなんとかだそうで、現代アートのコレクションも多数ある。それらのほとんどは、スコットにとって、いかなる価値も見出せないものばかりだった。

ジャクソン・ポロックの絵の具が飛び散る大画面を初めて見たときは、(これならおれにも描けるな)と思ったし、フェリックス・ゴンザレス゠トレスの銀色の包み紙のキャンディが床いちめんに敷き詰めてあるインスタレーションを見たときには、(なんだこりゃ⁉)と思わず肩をすくめた。が、もちろん、そんなことを口にしてはならない。

この美術館の壁に掛かっている時点で——あるいは、ごくまれにだが、床いちめんに敷き詰めてある時点で——それはすでに価値のある美術作品なのだ。どうしてそうなったのかはわからないが、とにかく、そうなのだ。

「なんだかよくわからない」作品の中でも、スコットにとって最大のミステリーは、パブロ・ピカソの作品だった。

美術はからきし門外漢とはいえ、さすがにピカソの名前くらいは知っていた。「美人モデルの顔をめちゃくちゃに破壊してしまった」美術史上初の画家として。

いったいぜんたい、なんでまたそんな奇行に走ったのだろうと、ピカソの描いた絵を見るにつけ、思わずにはいられない。なんでまた、あんたはアートをぶっ壊しちゃったんだよ、ピカソ？　と。

ピカソが遺した作品の中でも、おそらく一、二を争う「醜い絵」が、ロックフェラー・ギャラリーに展示してあった。

「アヴィニョンの娘たち」という題名の——「アヴィニョン」という語感が、なんとなくうまそうなコニャックの銘柄を連想させた——その「醜い絵」の中には、ひどく歪んだ顔つきのヌードの女たちが五人、描かれていた。険しく、醜い顔は、人間にはほど遠い。いちばん右にしゃがんでいる女は、背中を見せているのに、顔は正面を向いていて、その上、どこか未開の地で彫られた呪術用のマスクを連想させる。いや、これが人間の女であるものか。宇宙人といったほうが、ずっとしっくりくる。

　しかし、サムによれば、この絵は「ＭｏＭＡでもっとも高価で、もっとも価値のある作品」なのだそうだ。「なんぴとたりとも、三十センチ以上近寄らせてはならない」と。あまりにも意外だったので、どれほど価値のあるものなのか、スコットは訊き返してみた。が、ボスの答えは「さあね《ノー・アイデア》」だった。

「アヴィニョンの娘たち」が展示してある一室には、監視員のみならず、二カ所に防犯カメラが設置してあった。美術館の地階にあるセキュリティ・コントロール・ルームで、常時ふたり以上の監視員が室内を見張っている。が、もちろん、目の前で何かが起こったときに最初に行動を起こさなければならないのは、その場にいる監視員だ。

　ギャラリーはいくつかの連なる室《へや》で構成されており、作品を眺めながら隣の室へと移動していけるように、自然な動線が作られている。「アヴィニョンの娘たち」を中心に、ほかのピカソの作品や、近代絵画の巨匠たちの作品がゆったりと白い壁に展示されている室の片隅に、スコットは佇んだ。

　ギャラリーの中はしんと静まり返って、まったく人気《ひとけ》がなかった。が、平日、閉館の三十分くらいまえになると、そういうこともある。スコットは、もう一度、ちらと腕時計を見た。五時だった。

今夜は飛びきり寒そうだから——まったく、ギャラリーの中で日がないちにち過ごしていると、外が凍死しそうに寒いことなどすっかり忘れきってしまう——帰りには、いつも立ち寄る「ハリーの店」で、ホット・ウィスキーでも飲んで帰るかな。そんなことを思いながら、出かかったあくびをどうにか嚙み殺して、前を向いた。

ふと、「アヴィニョンの娘たち」のすぐ前に、ひとりの青年が立っているのが見えた。

おや？　とスコットは、目を瞬かせた。

ほんの五秒まえには、そこには誰もいなかったはずだ。室に入ってくる足音も耳にしなかった。それとも、誰かがいたのに、自分の視界に入っていなかっただけなのか。

いかんな、とスコットは、斜め前に佇む青年の後ろ姿を凝視した。

監視の仕事は、慣れてきた頃がいちばん危ないって、サムが言ってたじゃないか。ホット・ウィスキーのことなんざ考えて、緩んでる場合じゃないぞ。

青年は、「アヴィニョン」の前に佇んだままで、なかなか動かなかった。しかし、それ自体は珍しいことではない。はるばる海外から「この一点」を見るためにやってくる観光客もいる。熱心に何枚も写真を撮ったり、スケッチブックに模写したりする者もいる。絵の前で議論し合う友人同士も。うっとりと、絵にとらわれたかのように、何十分も動かない人も。けんかをするカップルも、一度だけだが、見たことがある。女性のほうが大声でわめき出したので、「外でやってください」と、仲裁に入ったっけ。

だから、閉館まぎわのギャラリーで、ピカソの作品の前から容易に移動しない青年がひとりくらいいたところで、べつだん珍しくもなんともなかった。

何人かのヴィジターが、彼の後ろを通過していった。青年は、動くことを忘れてしまったかのように、作品から二メートルほど離れた地点にぴたりと止まっていた。きちんと整えたブラウンの髪、焦げ茶のツイードのジャケットに、グレーのウールのスラックス。ウィング・チップの靴は、照明の光を弾くほどよく磨いてある。

ヴィジターを観察するときは靴を見ろ、とは、サムのアドヴァイスだった。最近は上質に見える安物の服もあるけど、靴だけはごまかせない。とんでもないことをしでかすやつは、くたびれた靴を履いているもんだ、と。もちろん、ほとんどのヴィジターは、長い時間をかけて美術館を歩き回るために、くたびれた靴を履いている。つまり、ほとんどのヴィジターには、何かをしでかす素質があるっていうことさ。

ボスの言うことに一理あるとすれば、この青年は「とんでもないことをしでかす」範《はん》疇《ちゅう》の人物ではなさそうだ。

『まもなく閉館時間です。ヴィジターは、出口へ移動してください。クロークに預けた私物をお忘れなきよう……』

閉館十分まえに流れる館内放送が、室内に響いた。各室の監視員は、五分まえまで待って、室内に留まっているヴィジターに出口へ向かうように促すのが規則になっている。スコットは、両手を後ろで組んで、青年の後ろ姿に向かって（時間だよ。さっさと出な）と、心の中で呼びかけた。

青年が、ふっと振り向いた。スコットは、ぎくりとした。まるで、心の声が聞こえたかのようだった。

さらに意外なことに、青年は、スコットに訊いたのだった。「時間ですか？」と。

「ああ、その通り。時間ですよ。どうぞ、出口へ」

戸惑いを隠して、スコットはにこやかに返した。さりげなく笑いかけたつもりだったが、きっと歪んだ笑顔になってしまったに違いない。

「クロークにコートを預けているなら、忘れないように持ってってくださいよ。そっちのほうも、まもなく閉まります」

青年は、銀縁眼鏡の奥のブルーの瞳でスコットをみつめると、

「どう思いますか？　この作品」

親指で、背後の「アヴィニョン」をくいっと指して、そう尋ねた。

唐突な質問に、スコットは、すぐには何も返せなかった。

「いや、それは、その……この絵について議論を始めると、長い時間がかかりそうですね。閉館まであと五分しかないので、それについては、また今度」

青年の口もとに、微笑が灯った。それから、カンヴァスを振り返って、太陽の光をさえぎるように、額に手をかざすと、もう一度、まぶしそうに視線を投げかけた。

スコット・スミスがMoMAに勤め始めて、まもなく二年が経過しようとしていた。かれこれ四十回、毎年無事に迎えている自分の誕生日ですらろくに意識していないのだから、もうどれくらいのあいだ、この美術館のギャラリーに立っているのかなんて、いままで考えたこともなかった。

しかし、その夜ばかりは、MoMAに勤めた年月を、思い返さずにはいられなかった。閉館まぎわに、「アヴィニョンの娘たち」の前に佇んでいた青年。ふと振り返ったその顔に、なぜだか見覚えがあるような気がした。

この二年のあいだに、ひょっとすると、何度か見かけたヴィジターだったかもしれない。

MoMAの入館者数は、毎年二百万人を超える。となれば、自分は、月八日間の休日を差し引いたとしても、この二年間でおそらく三百万人以上の人間を毎日眺めてきたわけだ。

繰り返し来館する者も少なくない。はっきり意識はせずとも、記憶のどこかに引っかかっている人物がいるのかもしれない。

「それにしても風変わりなやつだったんだ」

帰り道、やはりどうしてもホット・ウィスキーを引っかけたくなって、スコットは「ハリーの店」に立ち寄った。

「ハリーの店」は、本当の店名を「頼むから静かにしてくれ《ウイル・ユー・プリーズ・ビー・クワイエット・プリーズ?》」といったが、あまりにも長過ぎるので、常連のあいだでは「ハリーの店」と呼ばれているのだった。店主のハリーが愛するレイモンド・カーヴァーの小説のタイトルを店の名前につけたということで、店内にはカーヴァーのペーパーバックがこれでもかというくらい置いてあった。が、残念なことに、スコットは一度も手に取ったことはない。

「風変わりなもんか。別に作品に悪さをしたわけじゃないんだろ？　その程度のやつがヘンタイだっていうんなら、ネルソンのほうがずっとヘンタイだよ」

誰かに聞いてもらいたくてたまらない、というふうに、スコットが話し始めた「閉館まぎわの風変わりな青年」。聞き役になっていたハリーは、やはり常連客のアーティスト、ネルソンを引き合いに出してコメントした。
「PS1でパフォーマンスやるから来てくれ、って大騒ぎしてただろ？　おれ、律儀だからさ、行ったんだ。そしたら、室に入る前に、ヴィジター全員、網《ネット》を頭から被せられてさ。で、ギャラリーの中央に、奴さん、全裸で登場しやがった。おもむろに、体じゅうにレモンパイのクリームとハチミツを塗ったくってさ。室の片隅に木箱が置いてあって、スタッフがそれの蓋を開ける。これがミツバチの箱でさ！　ハチ、まっしぐらだよ。ネルソン、クリームの中をのたくってさ。もう、馬鹿じゃないかって。奴さん、ショーの最後に救急車に担ぎ込まれてたよ」

カウンター席に陣取った常連客が、いっせいに笑い声を上げた。

スコットも笑ったが、腹の底から笑えなかった。自分はそういうおかしなアーティストの創り出したものを、守る立場にある。複雑な気分だった。

「アートにかかわると、誰でもいずれはおかしくなっちまうのかね」

スコットが自嘲気味につぶやくと、

「んなこたあ、ないだろ。ネルソンの場合は、もともとがおかしい奴で、アーティストになったんだから」

大きな腹を揺らして笑いながら、ハリーが答えた。

「あんたが勤めてる美術館は、なんつったって特別さ。あそこに行けば、脳波が変わるんじゃないの？　ヘンなほうじゃなくて、いいほうにさ。おれも何度か行ったことあるけど……そうだな、だいぶんまえに、もう二十年くらいまえかな、ピカソのでっかい展覧会にも行ったよ。入るまで、ものすごい長い列さ。そのぶん、期待も高まるわな」

へえ、とスコットは身を乗り出した。「で、どうだった？」

「や、よかったよ」あっさりと、ハリーは言った。

「よかったに決まってるさ。入るまでに九十分も並んだんだ、よくなかったらダメだろ？」

「九十分並んだからよかったのかよ？」右隣に座っていたチャーリーが、口を出した。

「違うよ。満足したんだ。並んだ甲斐があったっていうわけさ」ハリーが即座に言い返した。

「おれ、別にアートに造詣があるわけじゃないし、そりゃ、ピカソの名前くらい知ってたけど、ニュースやら新聞やらで、ものっすごい展覧会だって、やたら好評だったから、じゃあ行ってみようかって思ったのさ。まあ、珍しいアトラクションに行くみたいな感じでね。ああ、そこに座ってるおっさん《ジェンツ》たちも、確か一緒に行ったんだっけな」

ハリーはあごをしゃくって、カウンターのいちばん奥に座っている常連のふたりを示してみせた。「そうだったな」「ああ、行った、行った。すごかった」と中年のふたりは、ビールをあおって笑っている。

「中に入ったら、すごい熱気でさ。まずそれに当てられたのかもしれないけど、なんかこう、観なくちゃって気分になるわけ。一点も見逃しちゃならないと。展覧会っていうか、事件に遭遇したような感じでね。おれら、みんな、鑑賞者《ヴィジター》っていうより、目撃者《ウィットネス》っていったほうが、しっくりくるような……」

「目撃者? どういうことだ?」

またチャーリーが割り込んできた。が、スコットもそのひと言に引っかかったのだった。

「だから、事件だよ。ピカソっていう、事件。それの目撃者」

ハリーはリズミカルな調子で答えて、手早くウィスキー・ソーダを作ると、チャーリーの目の前に出した。チャーリーは、それを受け取って一口飲むと、スコットの肩にぽん、と手を置いて、

「てことはさ、スコッティ。あんたが今日会ったどこぞの坊《ぼ》っちゃんも、目撃者なんじゃないの? いわゆる、事件の……ピカソのさ?」

チャーリーは、かなり酔っ払っていた。スコットは、ため息をついて、頭《かぶり》を振った。

なんにせよ、ここに集まる連中のあいだで、芸術について話題に上ることなどめったにない。そういう意味では、記念すべき夜となったことには間違いなかった。

スコット・スミスは、別に、美術館で働きたかったわけでもないし、セキュリティという仕事が自分に向いていると思っていたわけでもない。ただ、以前は、警備会社の社員だったので、転職先もなんとなくその筋で探してしまった。

ニューヨーク近辺で行われるイベントに、その都度派遣されて――映画スターのバースデー・パーティーや人気作家のサイン会など、実にさまざまなイベントがあった――誠実に仕事をこなしてきた。

そのままその会社にいてもよかったのだが、乱痴気パーティーのようなものが多く、年齢のせいもあってか、気分的にすっかり疲れてしまって、発作的に辞めてしまったのだ。年収は二万五千ドル、決して高いとはいえないものの、一人暮らしの地味な生活を支えるには十分な収入を、あっさりと捨ててしまった。

いかなる人間であれ、人生に一度くらいは、いつも乗っている通勤電車には乗らず、反対側のプラットホームに入ってきた逆方向へ行く電車に乗り込んでみたいという衝動にかられるのではないか。スコットは、その衝動に素直に従った希有な人間なのだった。そう、二年と少しまえのあのとき、ふっと「逆方向へ行く電車」に乗り込んだ結果、彼は到着したのだった。この美術館のギャラリーに。

文化施設は、警備保障会社と契約して、セキュリティ・スタッフを派遣してもらっているところも多い。が、MoMAは違っていた。セキュリティ部門の部門長を務めるサム・ティルマンを中心として、二十名の正規スタッフと三十名の契約スタッフが、美術館をがっちりと守り固めていた。ちょうど欠員が出たところで、スコットは前歴が物を言って、運良くそのポストに座ることができたのだった。

監視員は、セキュリティ・コントロール・ルームとギャラリー内を、交代制で監視していた。コントロール・ルームには十二台のモニターが並んでおり、五秒ごとに画面がギャラリーやパブリック・スペースの各所に切り替わるようになっている。少しでも不審な動きをする人物や、不審物をみつければ、無線でその場にいる監視員に連絡してチェックを促す。

何か起これば急行できるように、スタッフ全員が常に臨戦状態におかれている。ギャラリー内で監視しているときはなおのこと、いっときも気を抜くことはできない。「事件」は目の前で起きるかもしれない。いや、必ず起きるものとして、常に気持ちを引き締めておかなければならない。

つまり、いつだって事件の「目撃者」に、いちばんさきになりうるのは、おれなんだ。

ハリーの店で「目撃者」発言を耳にした翌日、スコットは、いつも通りにギャラリー内に立った。前日に比べると、館内は若干混んでいた。しかし、日が落ちて、閉館時間が近づくに従って、波が引くように人影は消えていった。

ロックフェラー・ギャラリーからエスカレーターのあるホールへと続く出入り口付近に佇んで、スコットはギャラリー内の隅々までを見渡した。——誰もいない。

腕時計を見ると、五時きっかりだった。時計の秒針が、五秒、進むのをみつめてから、スコットは顔を上げた。

あの青年が、立っていた。今度は、ピカソの別の作品、「鏡の前の少女」の前に。

スコットは、心臓が胸の内側を思い切り蹴り上げたように感じた。同時に、背中を氷のかけらがすうっと落ちていくような感覚を覚えた。

（また来たのかよ、あんた。いったいどこから瞬間移動したってんだ、ええ？）

スコットは、心臓が激しく脈打つのを全身で感じながら、心の中で語りかけてみた。

（ハロー、聞こえるかい？　目撃者さん《ミスタ・ウイットネス》）

青年が、振り向いた。偶然とは思えないほどのタイミングだった。きのうと同じように、いや、きのう以上にぎくりとしたが、スコットは、できるだけ平静を装って、にこっと笑いかけた。

なんらかの注意をするとき以外は、監視員のほうからヴィジターに声をかけてはならない。ボスのサムから教え込まれた「監視員の鉄則」のひとつだ。

ヴィジターは、たとえ大勢の人混みの中にあっても、作品に向かい合っているときは、極めて私的な時間を楽しんでいる最中だ。アートを鑑賞中に「いい絵ですね、お好きですか？」とかなんとか、他人に口出しされたい人間がいるか？　そんな人間がいるとすれば、それはきっとその作品を創ったアーティスト以外にはないだろうね。

青年は、銀縁眼鏡の奥の瞳をきらめかせて、「こんにちは」と、スコットに向かって挨拶をした。とてもていねいな、上品な態度だった。

スコットは、軽く咳払いをしてから、「やあ、またいらしたんですね」と、こちらもていねいに返した。

「おわかりでしょうが、あと三十分で閉館の時刻です。また館内放送がありますから、それまではゆっくり楽しんでください」

「ありがとう、ミスタ・スミス」いきなり、青年はスコットの苗字で呼びかけた。スコットは、再び、ぎくりとした。

「なぜ名前をご存知で？」と訊くと、

「だって、ほら。ネームプレートが」と、青年は、スコットの制服の胸を指差した。

そうだった。監視員は、全員、名札をつけているのだった。スコットは、苦笑いをした。

「ヴィジターに名前で呼びかけられるなんて、めったにないから、びっくりしましたよ」

青年は、ふっと微笑んだ。

「僕は、アルフレッド・バー。アルフレッドと呼んでいただいて結構です、ミスタ・スミス」

どこかで聞いたことのある名前だな、とスコットは、片方の眉毛をぴくりと上げて、

「ふうむ、そうですか。では、アルフレッド。私のことは、スコットと呼んでください」

と、いままで使ったこともないようなていねいな物言いで返した。

「ええ、わかりました、スコット」と、アルフレッドは、やはりていねいに名前を呼び直して、

「あなたは、毎日このギャラリーに立っておられるんですよね。つまり、毎日眺めてい

るわけですね。ピカソや、マティスや、ルソーや、ポロックや、ウォーホルの作品を」

「いいえ、作品を眺めているわけではありませんよ」

すぐさま、スコットは返事をした。

「私たち監視員は、ヴィジターが快適な環境で作品鑑賞をするために、その環境を乱す者がいないかを注意深く見守っているのです。そして、もちろん、作品に悪さをする者がいないか、警戒しているのです。つまり、私たちが常に注意を払っているのは、作品のほうではなく、それを観ている人のほうです」

なるほど、というように、アルフレッドはうなずいた。きっちりと分けられたブラウンの髪が、ウィング・チップと同様、天井の照明を弾いて輝いている。透き通るような色白の肌。きれいな顔立ちではあるが、ゲイっぽい素振りはない。病弱で、家にこもって勉強ばかりしているインテリタイプの男であると、スコットは分析した。

この二年間で三百万人もの人間を観察してきた。危険なやつかそうでないかくらいは、瞬時にして見分けられる。

この男は、決して危険なことをするタイプではない。が、危険な発言をするタイプだ。たとえば、飲み屋のカウンターではなくてギャラリーの中で、突然、このピカソは私のものだ——と言い出すような……。

アルフレッドは、両腕を組み、そっと指先であごに触れながら、質問をした。

「たとえば、あなたが注意を払っている人物が、のめり込むようにある作品をみつめていたとします。彼は、その作品に、いまにも触れんばかりになっている。それでもあなたは、その人物がみつめている作品を、無視できますか？」

まるで、きのうの自分たちのことを言っているようだ。スコットのほうも、両腕を組んで、まじないのように、皺の寄った顎に指先で触れてみた。

「それは、無視できませんね。作品のほうにも興味が湧きます」すなおに答えると、

「そうでしょう？」アルフレッドは、少し陽気な口調になった。

「であれば、きのうの僕の質問に、あなたは答えたも同然だ」

スコットは、前日に、アルフレッドに投げかけられた質問を反芻した。彼は、「アヴィニョンの娘たち」を指し示して、訊いたのだ。

――どう思いますか？　この作品。

突然のことで、答えられなかった。答えてはいけない、と思ったのだ。

なぜだかわからないが、何かの「罠」のように、ほんの一瞬感じもした。

……罠？　罠だって？　なんの罠だ？

ひょっとして、こいつは大泥棒で、おれの興味を引きつけておいて、その間に、仲間

がピカソを持って帰るってのか？

ビッ、とベルトに着けている無線のサインが鳴った。はっとして、急いでレシーバーを取る。「はい」と応答すると、『スコット。サムだ。何してるんだ』と、低く抑えたボスの声が聴こえた。

『そこでの一部始終はこっちのモニターで見えてること、忘れたのか。ヴィジターとの長い会話は禁止だ。すぐに持ち場へ戻れ』

「は。了解です」スコットは、あわてて無線を切った。

なんてこった、おれとしたことが。そうだよ、このギャラリー内での出来事《イベント》は、全部モニターで監視されてるんじゃないか。

「すみませんが、アルフレッド。ここでの私的な会話は……」

スコットは、前を向いた。そして、目を瞬かせた。

ギャラリーは、がらんとして、無人だった。さっきまで目の前に立っていたアルフレッドの姿は、あとかたもなく消え去っていた。


その夜もまた、スコットは、「ハリーの店」に立ち寄った。誰かに聞いてもらわずにはいられなかった。きのうと同じ青年が、閉館まぎわに現れて、一瞬のあいだに立ち消えてしまったことを。

「立ったままでいねむりして、夢でも見たんじゃないの？」

ホット・ウィスキーを作りながら、ハリーの応対はそっけない。

「ちょっと働き過ぎで、きっと疲れてるんだよ。まさか、あんたの美術館は、クリスマス休暇もくれないってのか？」

クリスマスは、あさってに迫っていた。とはいえ、長期間の閉館はないのだから、監視員に長期のクリスマス休暇などあるはずもない。

「カミさんや子供がいるわけじゃないんだから、そんなに精出して働かなくてもいいんじゃないの」

ハリーの言うことはもっともだった。以前から多少減った年収は、世間一般からすれば決して高くはないだろうが、賭けごともしなければ女につぎ込むわけでもなし、ハリーの店でもおとなしくお湯割りのウィスキーを二、三杯にとどめ、たまに宝くじ《ロト》を買うくらいで、なんとなく貯金もできているくらいだ。ハリーに言わせれば「かつかつしないで、アートに囲まれて、まったくうらやましい暮らしぶり」なのだ。

カウンターに片肘で頬杖をついて、スコットは、幻のように奇妙な青年、アルフレッドのことを反芻した。

ピカソ作「鏡の前の少女」の前に、あいつは立っていた。

同じピカソの作品でも、「アヴィニョンの娘たち」に比べると、おれの目には、「鏡の前の少女」のほうが、ずっとしっくりくる。

何がしっくりくるって──よくわからんが、ともかく、「アヴィニョン」の絵の中に居並んでいる宇宙人じみた女たちよりは、「鏡」の中のブロンドの女のほうが、ずっとかわいいし、人間的じゃないか。──完璧な美人とは言い難いけどね。

あいつ、きのうと同じように、吸い込まれるようにして、「鏡」の前に立っていた。おれは、実際、あいつの問いかけ通りに、あいつを監視しているのか、あいつが吸い込まれそうになっている絵のほうを注意深くみつめているのか、わからなくなってしまっていた。それどころか、あいつが、作品の一部のようにさえ思えたくらいだ。

そういう作品だっていわれたら──ピカソの作品をみつめる男、とかなんとか題名がつけられて──おれは、きっとそれを鵜呑みにするだろう。

店のドアが開いて、外の冷気がさあっと店内に流れ込んだ。昨夜、カウンターの奥に陣取っていた中年の男のうちのひとりが入ってきた。スコットをみつけると、人なつっこそうな笑顔を見せた。

「やあ、あんた。今夜も来てると思ったよ。これ、持ってきたんだ」

スコットと握手をすると、ショーンと名乗った彼は、ショルダーバッグの中から、分厚い図録を取り出した。「パブロ・ピカソ　回顧展」と表紙に書かれてある。昨夜、カウンターで話題に上ったピカソの展覧会の図録だった。

「あ、それそれ。それだよ。おれたちが行った展覧会」ハリーが言うと、

「『おれたちが目撃した事件』だろ」ショーンが言い直した。

スコットは、ぱらぱらと図録をめくってみた。「馬を曳く少年」、「アヴィニョンの娘たち」、「アルルカン」、「鏡」——なじみのある作品に加えて、見たことがない作品の図版も数多く掲載されている。

「すごいな。これ全部、展覧会に出てたのか？」

スコットが感嘆すると、「覚えてないけど、たぶんね」とハリーが答えた。

「このでっかい絵は？」

スコットは、見開き二ページにまたがって掲載されている横長の図版を指差して訊いた。雑誌か新聞か、何かのメディアで見た記憶のある、群像が描かれたモノトーンの作品。ショーンがすかさず答える。

「ああ、それはね、『ゲルニカ』っていう、美術史上もっともセンセーショナルな戦争

絵画って言われてるやつだ。いまじゃ、反戦のシンボルにもなってるよ」

一九三六年、スペイン共和国で、フランコ将軍率いる反乱軍がクーデターを起こし、スペイン内乱がぼっ発した。その翌年、スペインの地方都市、ゲルニカが、フランコ将軍と結託したナチス・ドイツの空軍によって空爆された。それに激怒したピカソが、一ヶ月あまりで描き上げた壁画のように巨大な作品なのだと、説明してくれた。

「この紳士は、こう見えてもハイスクールの美術教師だからね。インテリの飲んべえなのさ」

ハリーが付け加えると、

「飲んべえは余計だろ。あんたの店の売り上げに貢献してるだけだよ」

ショーンがやり返した。

「その作品、第二次大戦中にMoMAに疎開してたんだと。で、戦争が終わっても、ピカソが『スペインに真の民主主義が実現するまで、返還しないでほしい』って、MoMAの当時の館長に依頼してたらしい。その頃、スペインのフランコ政権はファシズムに走ってたからね。で、ピカソが死んでしばらく経って、スペインも事実上民主主義を取り戻したし、もういいだろうってことで、回顧展を機に返還された。つまり、その回顧展は、MoMAで『ゲルニカ』を拝める最後のチャンスだったってわけだ」

「そりゃ観客も殺到するさ。なあ？」と、ハリーが間《あい》の手を入れた。
へええ、とスコットは、心底感嘆した。美人モデルの顔を破壊する専門家、みたいに
ピカソのことを思っていたが、なかなかやるじゃないか。
「まあ、おれの見解じゃ、ピカソもすごいけど、やっぱりあんたんとこの美術館はすご
いよ。こんなすごい作品を戦禍から守って、しかも、ピカソの依頼を受けて、国家のイ
デオロギーからも守り抜いたんだからな……なかなかできないことだよ」
ショーンが言った。その言葉には、敬意を表す正直な響きがあった。スコットは、何
やら、少し面映い気分になった。自分が褒められたわけではなかったが、誇らしい思い
が胸の中で膨らんだ。
「ちょっと待った。そもそも、なんでピカソがMoMAをご指名したんだい？」ハリー
が口を挟んだ。「ピカソとMoMAをつなぐ立役者がいたんじゃないの？」
もっともなことだった。ピカソという、かなりおかしな、けれどおそらくは天才芸術
家の気持ちをつかんだ人物が、当時のMoMAに存在したに違いない。
「だから、館長だよ、当時の。ピカソの展覧会を、彼が最初にMoMAで開催したんだ。
確か、一九四〇年くらいだったかな……そのときに『ゲルニカ』を展示して、そのまま
ここに置いといてほしいって、ピカソに頼まれたらしいよ」

「たいしたもんだね、その館長は」ハリーがまた、間の手を入れた。「ピカソの親友だったのかい？」

さあね《ノー・アイデア》、とショーンは肩をすくめて、ビールのグラスを空けると、

「おれもホット・ウィスキーにしようかな」と、スコットの手の中で湯気を立てているグラスを見て言った。

「いいとも。おれのおごりだ」とスコットが言った。「勉強させてもらったからね」

ふたつの熱いグラスを、かちんと合わせた。

「この図録、しばらく借りてもいいかい？」スコットが問うと、

「いいとも。勉強してくれ。で、勤めの励みにしてくれ」ショーンが答えた。

「あんたのおかげで、芸術作品は守られてる。アーティストも守られてるってわけだ。あんたは、人類の宝物を守ってるようなもんだよ。礼を言うよ、人類代表として。ありがとう」

ショーンは、グラスを近づけて、もう一度、スコットのグラスにかちんとぶつけた。

「気にすんな。この先生、酔っ払ってんだ。めっぽう酒に弱いくせに、ここの常連なんだよね」

ありがたそうな迷惑そうな口調で言って、ハリーが苦笑した。

軽くはない図録をアパートへ持ち帰って、スコットは、ベッドの上でそれを広げた。

安物のウイスキーの小瓶とショットグラスを枕もとの椅子の上におき、琥珀色の液体をなめながら、「アヴィニョンの娘たち」の図版をつくづくと眺める。細かい字で解説が書いてあったが、読まずに、ただ図版をみつめていた。

（違う。ほんものは、こんなもんじゃない）

スコットは、心の中でつぶやいた。

（もっと、こう……なんていうか、迫ってくるような。ずしんとね。見ちゃならないもんを、突き付けられているような……目を逸らしたいんだけど、逸らしちゃいけないような）

そうだとも。目も、毛穴も、心の闇も、全部開いて、見るがいい。

あなたこそが「目撃者」。新しい時代の、美の目撃者なのだから。

この絵が醜いって？　ああ、確かに。この女たちは、人間のかたちをかろうじてしているけれど、人間じゃない。

彼女たちが体現しているのは、人間の心の奥深くに潜む闇だ。真実だ。

ピカソ以前の芸術家たちが、決して目を向けようとはしなかった、人間の本質だ。

人間は汚い。ずるい。醜い。だからこそ、「美」を求める。

醜さを超えたところにあるほんものの「美」を求めて、アーティストはのたうち回って苦しんでいるんだ。

心地よい風景、光、風、花々、まばゆいほどに美しい女たち。けれど、美しいものを美しく描いて、だから、なんだっていうんだ？

アーティストは、美しいものを美しくカンヴァスの上に再現するために存在しているのか？

はっとして、顔を上げた。思わず、回りを見回す。

——誰もいない。明かりを落としたベッドルームの壁に、クリーニング屋から戻ってきた制服が、静まり返って吊るされている。ずっと遠くで、サイレンの音が、耳鳴りのように響いている。

無意識に止めていた息を放った。ショットグラスに半分残っているウィスキーを、勢いよくあおる。

——誰もいるわけないじゃないか。

分厚い図録を、ぱたんと閉じる。ふと、裏表紙にはさまれている新聞の切れ端が、目に入った。指先でつまんで、引っぱり出してみる。

『ニューヨーク近代美術館　初代館長　他界』の見出しがある記事の切り抜きだった。

新聞の日付は一九八一年八月十六日。

スコットは、目を凝らして、記事の文字をみつめた。

――コネチカット州ソールズベリーで、昨日、ニューヨーク近代美術館初代館長、アルフレッド・バー・ジュニアが他界した。享年七十九。――

「アルフレッド……?!」

スコットは、口の中で、あの青年の名を呼んだ。

小さく、ポートレイトが出ていた。きっちりと分けた薄い白髪と、銀縁眼鏡の奥の思慮深いまなざし――。

クリスマス・イヴの朝。いつもより三十分早めに出勤したスコットは、セキュリティ・コントロール・ルームに直行した。

「あれ、スコット? 今日はずいぶん早いんだな」

コントロール・ルームに夜勤で詰めていた同僚、ジョンが、予期せずにドアが開いたのに驚いている。スコットは、制服の上着のボタンをかけながら、

「よ、おはよう。ちょっと用事があってな、早く来たんだ。朝飯とコーヒー、買いに行

っていいよ。おれ、ここにいるから」

「おお、そいつは助かる。今朝は特別に腹が減ってさ。クリスマスまえだからかね。じゃ、ちょっと行ってくるわ」

コートを引っかけて、ジョンはすぐさま出ていった。スコットは、録画再生モニターを起動させると、過去二十四時間のモニター録画のデータファイルを開いた。

きのうの五時五秒過ぎから、五時十分くらいのあいだ。監視カメラに映った十分足らずの映像をチェックするのだ。

奇妙なことだが、ロックフェラー・ギャラリーで、二日連続スコットが出くわした青年が名乗った名前と、二十年近くまえに他界したMoMAの初代館長の名前は同じだった。もちろん、青年のほうが冗談で名乗ったのかもしれないし、偶然同じ名前だったのかもしれない。気味が悪いのは、新聞に出ていた晩年のバーのポートレイトに、青年の面影が色濃くあったからだ。

ひょっとすると、祖父と孫とかいう関係かもしれない。

もしそうだったとしても、別に、だからどうってことでもないのだが……。

とにかく、もう一度よく見てみたい。いったい、彼は何者なのか――。

スコットは、ロックフェラー・ギャラリーのⅢ室内二カ所に取り付けてある監視カメラのデータを、五時から五時十分までのあいだ、秒刻みで再生した。またしても、心臓がじたばたと胸の中で暴れる。厭な汗が、全身の毛穴から噴き出してくる。

――あれ？

ピカソの「鏡の前の少女」にレンズを向けて設置してあるカメラに記録されている映像に、人影が映っていない。

モニター画面には、はっきりと、「23/12/1999 17:01」と日付と時刻が出ている。十七時一分、二分、三分……十五分までみつめ続けたが、ついに「鏡」の前には一度たりとも人影が現れなかった。

どういうことだ、これは？

間違いない。きのう、五時きっかりに腕時計を見た。秒針が、五秒、進むのを確認したことも、はっきりと覚えている。

その直後に、顔を上げたら、「鏡」の前に、あいつが立っていたんだ。――アルフレッドが。

しかも、しかもだ。サムから無線が入ったじゃないか。「そこでの一部始終はこっちのモニターで見えてる」「ヴィジターとの長い会話は禁止だ」って。サムだって、モニターで確認していたはずだ。

——まさか。

脊髄に沿ってムカデが這い落ちていったような感覚を覚えた。ぞおっとして、スコットは、その場に凍りついた。

そのとき。

ビッ。ベルトに着いている無線がけたたましい音を立てた。飛び上がりそうになって、スコットは、大あわてで無線を手にした。

「はい、こちらスコット」

『なんだ、もう来てたのか。いっせいに無線鳴らしたんだけど、あんたの反応がいちばん早かったよ、スコット』

ボスのサムだった。声の調子からすると、緊急事態ではなさそうだ。スコットは、ほっと息をついた。

『いま手が空いてたら、ロックフェラー・ギャラリーのⅢ室にすぐ来てくれるか』

「え？　Ⅲ室ですか？」とスコットは訊き返した。「何かあったんですか？」

『まあ、来ればわかるよ。まったく……おれもここに勤めて長いけど、こんな珍事は初めてだ。ま、MoMA《うち》らしいや。じゃ、待ってるぞ』

スコットは、とにかくジョンが帰ってくるのを待ってから、ギャラリーへ急行した。

頭の中では、あの青年――アルフレッド・バーが、青白い顔で横たわっていて、その回りには殺人現場よろしく白いチョークで線が引かれていて、そばにはピストルだか刃物だかがあって……検視官が、フラッシュをたいて、何枚も写真を撮っている。で、マーカーで床にこう書かれている。「メリー・クリスマス。このピカソは私のものだ」

――とかなんとか。

うわ、やばいな。相当疲れてるぞ、おれ。

それとも、レイモンド・カーヴァーの読み過ぎか？　いやいや、一ページも読んだこたあねえぞ。

ロックフェラー・ギャラリーには、三人の見知った人間が集まっていた。

ひとりは、サム。両腕を組んで、神妙な顔つきで、床をみつめている。もうひとりは、ローズ・アスター。MoMAの現代美術部門のキュレーターだ。床を指差して、何やら指示を出している。さらにもうひとりは、ケント・ジェファーソン。MoMA資料室専属のカメラマンだ。ケントは、ローズの指示に従って、床に向かってさかんにシャッターを切っている。

パシャ、パシャと小気味よいシャッター音が響くたびに、真っ白いフラッシュがあたりを照らし出す。スコットは、ぽかんとして、その場に立ち尽くした。

「よお、スコット。おはよう、早起きだな」

サムが、にやりと笑いかけた。何がなんだかさっぱりわからず、スコットは、さかんに目を瞬かせた。

「証拠写真でも撮ってるんですか?……まさか、不審者が侵入して?」

「証拠写真には違いないよ。ただし、『不審者』じゃなくて『作品』のね」

サムが指差す先に、スコットは視線を落とした。フローリングの床の上に、点々と遺された無数の黒い足跡——おそらくは、ウィング・チップの。

携帯電話の音が響き渡った。すぐさま、ローズがジャケットのポケットから携帯を取り出した。

「ああ、ジャック。すみません、朝早くに電話しちゃって……」

どうやら、相手は絵画・彫刻部門のチーフ・キュレーター、ジャック・ディモンのようだ。

「ええ、ええ。そうなんです。ついに来たんです、『バー』が。MoMA《うち》にも。はい、例の『足跡』遺してます。しっかりと。ええ、いちおう写真でおさえてますけど……どうします? フロアごと、剝ぎ取りますか? ああ、そりゃそうだわ、無理ですね……でも、何か、かたちで遺さないと。これも、うちのコレクションになるでしょうから

「……ええ、ええ、わかってます」

うわずった声で、ローズは話し続けた。かなり興奮している。スコットは、ぽかんとしたままで、サムを見た。サムは、濃くて太い眉毛をカモメのように上下させて、困ったもんだ、と言わんばかりだ。

未確認アーティスト［バー］というのが、いるのだそうだ。

世界各地の美術館に、こっそりと現れては、足跡を遺していく。個人か集団かはわかっておらず、素性も何もわかっていない。時間が経つと黒くなる特殊なインクを靴の裏に付けて歩き回っているようで、足跡をたどっていくと巨大なメッセージになっているのがわかる。

最初は不審者扱いをされていたが、最近は、その神出鬼没ぶりと秘密のヴェールに包まれた素性が話題となり、次第に彼——彼女か、彼らか、彼女らかもしれない——は「注目のアーティスト」として尊重されるようになってきた。密かに罠をしかけて、彼の出現を待つ美術館もあるらしい。

「冗談みたいだろ」笑いを噛み殺しながら、サムが言った。

「ま、それが『アート』ってもんらしいな。ったく、何年勤めても、おれにはわからんよ」

そして、愉快そうに、ゆらゆらと、頭を左右に振ってみせた。

「で、メッセージは？　なんだったんですか？」

スコットは、サムに向かって訊いてみた。ここのギャラリーに、アルフレッドは、どんなメッセージを遺したのだろうか。

ボスは、もう一度、ゆらゆらと頭を振って、ひと言、答えた。

「さあね《ノー・アイデア》」

一拍置いて、スコットは、別の質問を投げかけてみた。

「あの……見ましたよね？　きのう、モニターで。おれ、ここで話したんです。このアーティストと。そしたら、あなたから無線が入って『長話するな』って……」

サムは、スコットの顔をまじまじと見た。そして、ため息とともに言った。

「夢でも見たのか？」

黒い足跡は、「アヴィニョンの娘たち」と、「鏡」の前で、長いこと留まっていたようにも見えた。

足跡の「作品」をみつめるうちに、スコットの顔から戸惑いが消えた。かわりに、ゆっくりと微笑が広がっていった。

私の好きなマシン

My favorite machine art

一九八一年八月十七日、夜七時。ソーホーのルーシー・エイマン・ギャラリーは、オープニング・レセプションに詰めかけた人々の熱気で息が詰まるほどの盛況ぶりだった。マンハッタンのウエスト・ブロードウェイとプリンス・ストリートの角にある小さな雑居ビル、その二階である。古いれんが造りのなんということのない雑居ビルだったが、新興の小規模なギャラリーがテナントとして入っており、空室は一室もない。

人気の理由は、立地のよさと賃料の安さだ。ソーホーは、現代アートの著名ギャラリーがずらりと軒を連ねている。レオ・キャステリ、イリアナ・ソナベント、バーバラ・グラッドストン、そのほかにも、いまやスーパースターとなったアーティストを発掘し、育て上げたギャラリストたちが、この場所で伝説を創り出した。彼らに続くギャラリストになりたい、自らの手でアーティストを育て上げたいと望む若者たちが、強力な磁場に砂鉄のごとく引き寄せられるのは、当然のことだろう。

ジュリア・トンプソンは、前の週に夏期休暇を終えてこの街に帰ってきたばかりだった。ボストンの近くにある島、マーサズ・ヴィニヤードで、夫のロニー、ひとり娘でニューヨーク大学三年生のケイト、彼女の友人で同期生のミランダとともに、七日間を過ごしてきた。自然に富んだ島の気候はからりとさわやかで過ごしやすく、夫婦ともにすっかり気に入った。早々とリタイアしてこっちに移り住もうかと、ロニーが何気なくつぶやいていたが、まんざら冗談にも聞こえなかった。

ニューヨークは、いまも昔も人種のるつぼであり、国内外のさまざまな地域からこの街を目指してやってくる人々も多いが、ジュリアにとって、マンハッタンは正真正銘の生まれ故郷だった。

実家はイースト・ヴィレッジで小さな書店を営んでいた。そこから三ブロックはなれたところにある産院で、ジュリアは生まれた。地元で小中高に通い、グリニッジ・ヴィレッジのパーソンズ・スクール・オブ・デザインで工業《インダストリアル》デザインを学んだ。卒業後は、トライベッカにあるデザイン・カンパニーに就職し、インダストリアル・デザイナーとして独立後、ソーホーにオフィスを構えた。結婚後に購入したアパートは、ワシントン・スクエアが目の前というロケーションだった。

マンハッタンは自分の庭である、という意識は、きっと人一倍強いのだろう。なぜなら、ここが自分の庭であることなんて、一度も意識したことがないくらいにマンハッタンにいることが自然なことだから。

ウィスコンシンの自然に恵まれた田舎町に育ち、立志してニューヨークへやってきて、希望通りにグラフィック・デザイナーとなった夫のロニーは、いずれのんびりと田舎暮らしがしたいと思っているかもしれない。五十代も半ばになってみると、自分だとて今後のことを考えないでもないが、それでもやはり、自分は、死ぬまでマンハッタンにいるのではないかと思う。

島での休暇は確かに気分をリフレッシュできたが、それでも、ニューヨークへ帰ってくれば、むっとする湿っぽい空気と、夜になってもがやがやとした騒がしさを、おお厭だと思うどころか、懐かしいなあと感じてしまう。自分の居場所はやっぱりここなのだとは、口に出しこそしないが。

愛する街へ帰ってきたといえども、夏休みあとの最初の月曜日はエンジンがかかりにくい。だから、その日は仕事を早々に終え、友人でもあるルーシーのギャラリーを覗いてみようと決めていた。

オフィスから二ブロック北にあるギャラリーまでは、徒歩五分だった。ウエスト・ブロードウェイとプリンスの角まで来ると、ワインが入ったプラスチック・カップを手にした若者たちが、通りに溢れていた。ギャラリーのオープニングでは、よく目にする光景である。中に入り切れない人々、特にストリートで飲みながら立ち話をするほうが性に合っている若者たちが、こうしてソーホーににぎわいをもたらしている。

ジュリアは、この風景を見るのが好きだった。自分にもああいう時代があったと、彼らを見るたびに懐かしい思いにとらわれるのだった。

五十平方メートルほどのギャラリー内は、窒息しそうなほど人が詰め込まれていた。「デザイン・エイジ」というタイトルのグループ展である。工業製品をポップアート風に描いた絵画や、近頃流行のグラフィティ風のペインティングが施されたテーブルや椅子が展示してあったが、どれも人混みが邪魔をして全貌が見えない。苦労しながら奥へと進んでいくと、後ろから肩を叩かれた。

「ハイ、ジュリア。来てくれたのね。夏休みじゃなかったの？」

画廊主のルーシー・エイマンだった。まだ三十代だったが、イリアナ・ソナベント・ギャラリーで、伝説のギャラリスト、イリアナのアシスタントを十年以上務めた経験がある。ソーホーのギャラリーで誰よりも先に「タイプの」アーティストをみつけるのが趣味のジュリアは、その頃からルーシーに未発掘のアーティストを紹介してもらっていた。

「昨日の午後に、夢から現実に帰ってきたところよ」ジュリアは片方の頬をルーシーと合わせてから、にこやかに言った。

「今日のオープニングに間に合うようにね。なかなか興味深いタイトルを付けてるし」

「あら、うれしい。あなた、気に入るんじゃないかと思ってたんだ。ワインはどう？　冷えた白があるわよ。こっちへ来て」

ルーシーに手を引かれて、ワインの入ったカップが並ぶカウンターへと移動した。カップを手にしたところで、また肩を叩かれた。

「ジュリア、おひさしぶり。元気だった？」

ニューヨーク近代美術館《MoMA》、建築・デザイン部門のキュレーター、パメラ・ベルトーニだった。

一年ほどまえ、彼女が企画した「ＭｏＭＡデザインレクチャーシリーズ」に講師として呼んでもらって以来、お互いに忙しくて、なかなか会えずにいた。「ああ、パメラ」とひと声叫んで、ジュリアは旧友とあたたかな抱擁を交わした。

「ほんとに、ひさしぶりね。会いたかったわ。こんなに近くにいるのに、なかなか会えなくって……」

「わかってるわ。ＭｏＭＡ《うち》でのカクテル・レセプションより、ソーホーのこぢんまりしたギャラリーのオープニングに行くほうが、あなたはよっぽど好きなんだってこと」

パメラは、友情のこもった皮肉を言った。ジュリアは肩をすくめた。友には申し訳ないのだが、ほんとうにその通りだった。

カクテルドレスで着飾った各界の名士が集まるMoMAのレセプションは、すばらしい展覧会であるほど、上流階級の社交の場めいていて、いつもコットンのシャツとジーンズで気楽に過ごしている自分などは、いつまでたっても行くのに気が引ける。オープニングから何日か経ってから、一鑑賞者としてふらりと出かけるほうが、よほど性に合っていた。

ミラノ出身のイタリア人であり、現在はアメリカ永住権《グリーン・カード》も所有するパメラは、ハーバード大学でデザイン史を研究、博士号を取得して、MoMAのデザイン部門にキュレーターとして職を得た。

MoMAは、設立の三年後に、早くも建築・デザイン部門を発足させ、「デザインを美術館で見せる」という試みを、世界で初めて行った。世界の近代/現代美術館は、MoMAに倣ってデザインやその他の視覚芸術《ヴィジュアル・アート》を展示や収集の対象として目するようになったともいえる。モダン・アートでも、それ以外の分野でも、MoMAは常に魁《さきがけ》であった。

デザインや写真、映画は、いまでは視覚芸術としての地位を獲得しつつあるものの、美術《ファイン・アート》が美術館において上位であることに変わりはない。しかしパメラは、デザインにおける芸術性の高さ、社会性、美術史における重要性について、常々提起し、エポック・メイキングな展覧会を次々に打ち出してきた。すぐれた企画者であると同時に、デザインと社会の固い絆について語ってきたという側面からは、ある種の社会学者ともいえる。このような逸材をもち、高いポジションを与えているという点で、やはりMoMAとは特別な美術館であると思わずにはいられない。

MoMAには「パーマネント・コレクション」というシステムがあった。毎年、建築・デザイン部門が主体となって、世界中で発表されたデザインプロダクト――グラフィック、テキスタイル、工芸、産業デザインなど、ありとあらゆる領域に及ぶ――から数点を選出し、「MoMA殿堂入り」を認定する。ねじからヘリコプターまで、認定されたプロダクトは実にさまざまだ。美術品の収集とは一線を画す、建築・デザイン部門のユニークな収集システムである。

パメラは、この認定委員会のディレクターを務めていた。そして、ジュリアがデザインを手掛けたプロダクトが、いままでに三点――電卓、電話機、小型テレビ――殿堂入りを果たしていた。

「たまにギャラリー巡りもしてるの?」ジュリアが尋ねると、

「ええ、もちろん。月に一回はね。頭が錆びつかないように」パメラが答えた。MoMAでの仕事以外に、彼女はハーバードで教鞭も執っている。「タフねえ」とジュリアは感心した。

「おかげさまで、この通り。エスコートしてくれる旦那様も、ボーイフレンドもいないわ」

そう言って、パメラはジュリアの笑いを誘った。そして、

「ところで、ちょうど、明日の朝いちばんにあなたに電話をしようと思っていたところなの。ちょっと耳に入れたいことがあって。ふたつ」と、声を潜めた。

「ふたつ? ひとつじゃなくて?」

パメラはうなずくと、「ちょっと来て」と、部屋の片隅にジュリアを連れていった。そして、ジュリアの目をしばらくみつめてから、言った。

「アルフレッド・バーが、亡くなったわ」

ジュリアは、目を瞬かせた。パメラの青い瞳をみつめ返して、

「アルフレッド・バーって……あのアルフレッド・バー?」

「そうよ。私たちのアルフレッド・H・バー・ジュニア。MoMAの初代館長。一昨日、

亡くなったそうよ」

ジュリアは、無意識に止めていた息を放った。そして、「そう」と力なく言った。

「いくつだったの、彼」

「七十九歳ですって……最近どうしてるか、私も知らなかったんだけど、コネチカット州のソールズベリーっていう町の介護施設にいたらしいわ。昨日、館内のテレックス回覧があってね。それに載ってたの」

「介護施設に……？」

パメラは、悲しい映画を見終わったような表情で言った。

「アルツハイマー病だったんですって」


一九三四年、春。

本の虫で、小さな書店を営み、いかなるときでも本を肌身から離さない父、ニック・シンドラーと、絵を描くのが何よりも好きで、児童書の挿絵画家をしていた母、リサ。そのふたりに連れられて、ジュリアは、生まれて初めて美術館を訪れた。八歳のときのことだ。

ミッドタウンの五十三丁目にある美術館へ出かけるために、三人は地下鉄に乗った。ジュリアを真ん中にして座席に座ると、ニックがジュリアに言った。

「この街には、世界でもっともすばらしい場所が、ふたつある。ひとつはニューヨーク図書館。もうひとつは、これから行く美術館。MoMAだ」

「あら、もうひとつあるでしょう。みっつめは『シンドラー書店』よ。ねえジュリア、そう思わない?」

リサが付け加えたので、ジュリアはうなずいた。ニックは、「ああ、そうだった」と、うれしそうに笑った。

「MoMAができたときは、五年まえだったかな、展示されているもの、すべてが斬新だったなあ。前衛美術は画集で常々見ていて、自分では知ったつもりでいたんだけど……いや、ほんとうに強烈だった。マティスなんて、ちょっとした事件だったね、あれは。ふんだんに溢れる色! ああ、いま思い出しても興奮するよ」

ニックは、三年まえにMoMAで開催されたアンリ・マティスの回顧展をありありと思い浮かべているようだった。リサは、「ほんとうに」と、ため息をついた。

「あれを見て、私も、絵に向かい合う気持ちが変わったわ。もっと自由にしていい、もっと生き生きと、鮮やかに、思った通りにやっちゃってもいい! って思ったもの。でも、あとから図版で確認したけど、実は、マティスはすごく緻密に構図や色を決めているのよね。自由奔放ってわけじゃない」

「そう思わせるところが、マティスのすごいところさ」ニックもため息を放って言った。

「あの展覧会に、この子も連れていくべきだったかしらね」ジュリアの頭を撫でて、リサが言った。「子供のほうが、色や形に敏感だろうから」

「でもまあ、あのとき、この子はまだ五つだったしな。美術館デビューとしては、八つでも早いくらいだ」

「そうかしらね」と、リサは微妙に眉根を寄せた。

「いまやってる展覧会が、この子に向いてるかどうか……」

その頃、ＭｏＭＡは、五十三丁目のストリート沿いの瀟洒なタウンハウスにあった。四階建ての建物に、展示室、館長室、会議室、スタッフルームなどが詰め込まれていた。

展示室の内装は、とてもユニークなものだった。白い壁、白い天井、床はモザイクのように細かい石を敷き詰めていた。ただ、それだけの素っ気ないものだった。それが人々を瞠目させ、強い関心を引く要素のひとつにもなっていた。

それまでの美術館の展示室といえば、壁は赤や紺や深緑などに塗られ、天井や柱のいたるところにコリント式の装飾が施され、床には絨毯が敷き詰められたり、本物のモザイクで飾られたりしていた。そこに巨大な歴史画だとか、宗教画だとか、風景画や王侯貴族の肖像画などがところ狭しと飾られる——完全にヨーロッパスタイルを模倣したものだったし、理事会名簿に名を連ねる金持ちの趣味に合うように作られていた。

その点、MoMAは違った。装飾過多の内装は「モダン・アートの展示には向かない」として、一切の装飾を剝ぎ取った展示室を作った。確かに、白い壁は、前衛芸術のシンプルなフォルムや力強い表現をよく引き立てた。「なんだこりゃ」と人々が眉をひそめるような、見たこともないような造形であっても、すっきりと美しく際立つのだ。

よくわからないけど、いいかもしれない。

MoMAを訪れた人々は、物珍しい芸術を見た、という興奮のうちに、まんまと美術館のトリックにはまるのだった。

ジュリアたち親子三人は、美術館が入っているタウンハウスに到着した。入り口には長蛇の列ができていた。入り口のドアにはバナーが下がっていた。——「マシン・アート」。ジュリアのその後の運命を決定づけた展覧会のタイトルが、風に翻っていた。

それは、世界の美術館の歴史を変えた出来事だったに違いない。機械《マシン》が——正確に言えば機械の部品《マシン・パーツ》が、芸術作品《アートワーク》として、展示室に並べられたのだから。

ニューヨーク・タイムズほか、各新聞雑誌がこの展覧会を大きく取り上げ、また、展覧会を告知する特異なポスターが街角や駅の構内のあちこちに貼り出された。

道行く人々は、このポスターに目をみはった。黒地の背景、画面いっぱいに浮かび上がるボール・ベアリングの写真。そして、「ニューヨーク近代美術館　マシン・アート」の白い文字。

ついにMoMAが暴走を始めた、ベアリングなんぞのどこがアートなんだ、と警鐘を鳴らす者もいたが、ニューヨーカーの多くは、驚くとともに、おもしろいじゃないかと好意的に受け止めた。どうして美術館でマシンの展覧会なのか、マシンがアートになったのか、それともアートがマシン化したのかと、人々は興味津々で、大挙して五十三丁目に向かったのだった。

「まったく、ニューヨーカーっていうのは、人一倍好奇心が強い生き物だな」

入場の列に並びながら、ニックが言った。

「ボール・ベアリングやらコイルやらを見るのに、こうして並んで、安くない入場料も払うんだからね」

「私たちもその生き物の一部よ」リサが、笑って返した。

ジュリアは、よくわからないものの、人々の顔がなんとなくわくわくして輝いているのが楽しく、自分もその人々の列の中にいることが、うれしかった。

「ねえママ、この建物の中にはおもしろいものがあるの？」

ジュリアが訊くと、母は「ええ、まあ、そうね。おもしろいもの……」と、ちょっと返答に窮して、

「おもしろいか、おもしろくないかは、誰かに言われて決めるんじゃなくて、見た人が自分で決めていいのよ。だから、見たあとで、おもしろかったかどうか、ママに教えてね。ジュリア」

そんなふうに言った。ジュリアは、うん、とうなずいた。

ようよう館内に入った三人は、さっそく「マシン・アート」の展示室へ向かった。室内に一歩足を踏み入れて、ジュリアは、「う、わ、あ」と思わず声を上げた。

真っ白い室内には、さまざまなマシン・パーツが展示されてあった。コイル、プロペラ、パイプ――銀色の球体、黒光りする波状のもの、すらりとまっすぐな棒、摩訶不思議な形状の何か――それらが、整然と、秩序を持って、かつリズミカルに、まるで前衛的なオブジェのように飾られている。それらの前で、腕組みをしてしげしげと眺める人、よくわからないというふうに頭を左右に振る人、顔をぎりぎりまで近づけて見入る人、さまざまな人々が、真剣に、複雑な表情で、また楽しそうに過ごしているのだった。

ジュリアはといえば、たちまち夢中になった。どの「アート」も、彼女にとっては、

生まれて初めて見るものだった。床から天井まで届く大きなコイルを見上げ、タイヤのホイール・キャップに自分の顔を映して、ひとつひとつ、食い入るようにみつめた。中でも、ポスターにもなっていたボール・ベアリングに強く引き込まれた。

一九〇七年にS.K.F.インダストリーズという会社が作ったスチール製のそれは、幅四センチ、直径二十一センチのホイール状のもので、ホイールの中には銀色のボールが十五個、埋め込まれている。ジュリアは、ポスターを見たときから、その造形に興味を持っていた。実際に本物を見てみると、思ったよりも小さく、両手で持ち上げられるように感じた。けれど、触れてはいけないと、もちろんわかっていた。

「ベアリング……ふむ、これがベアリングか。初めて見たな」

じっとみつめて離れない娘の背後に立って、ニックが独り言のようにつぶやいた。

「これはね、ジュリア、ええと、これは……なあリサ、何の役に立つものなんだっけ？」

傍らのリサは、さあ、と肩をすくめた。父も母も、そこに展示してあるものが、いったい何の役に立つものか、ほとんど娘に教えることができなかった。それでも、ジュリアは満足だった。両親があきれるほど長い時間を展示室で過ごし、ようやく出口へと向かったのだった。

出口のドアの近くに、ひとりの青年が立っていた。

濃いブラウンの髪をきっちりと分けて、銀縁眼鏡をかけている。品のいいチャコールグレーのスーツに、青とシルバーのレジメンタルタイ。照明が映り込むほどよく磨いたウィング・チップの靴を履き、すらりと立っている。人待ち顔で館内を見回していたが、ジュリアたち一家がドアを開けて出ていきかけたとき、

「ミスタ・シンドラー、こんにちは。来てくださったんですね」

ふいに声をかけてきた。ニックは立ち止まって、「おや、あなたは……」と、見覚えはあるが誰かはわからない、という様子で訊いた。

「ああ、失礼しました。ときどき、あなたの書店に伺っている者です。先週も伺いました。美術論文集を買わせていただきましたよ」

そう言って、右手を差し出した。ニックは、「ああ……そうでしたね。思い出しました」と、笑顔になって彼の手を握った。

「確か、いつも美術書か哲学書をお求めくださっていましたね。ひょっとして、こちらの関係者なのですか?」

青年は、銀縁眼鏡の奥の目を細めて、「ええ、そうです」と答えた。

「私は、この美術館の館長です」

「館長?」父と母は、声を合わせて訊き返した。青年は、にっこりと笑ってうなずいた。

「そうでしたか。ＭｏＭＡの館長にいつもご利用いただいているとは、私の書店は幸運だ」

まんざらでもなさそうに、父が言った。

「どなたかと、お待ち合わせで？」

「ええ、来客を待っているところです。こちらは、ご家族ですか。はじめまして、ＭｏＭＡへようこそ」

「今回の展覧会、とても興味深い展示でしたわ。この子も、夢中になったみたいで……」

思いがけず館長に声をかけられたのがよほどうれしかったのか、リサも顔を上気させていた。館長は、ジュリアの目の前にしゃがむと、彼女の顔をのぞき込んだ。

「君の名前は？　お嬢さん」

銀縁眼鏡の奥の優しげな青い瞳をみつめ返して、ジュリアは答えた。

「ジュリア。あなたは？」

「僕は、アルフレッド。ＭｏＭＡに来てくれてありがとう。展覧会はおもしろかったかい？」

「うん」ジュリアは、少しはにかんで、けれどもはっきりと言った。「すごく」

「ひとつ、教えてくれるかな。君の好きな『マシン』は、どれだい？」

ジュリアは、目を輝かせて、すぐさま答えた。

「私の好きな『マシン』は、ベアリングよ」

「そうかい。どうして？」

うーん、とジュリアは、小首を傾げて、

「きれいだから」

アルフレッドは、いっそう笑顔になって、ジュリアの頭をそっと撫でた。そして言った。

「ここにあるものはね、ジュリア。僕たちが知らないところで、僕たちの生活の役に立っているものなんだ。それでいて、美しい。それって、すごいことだと思わないかい？」

「すごい」とジュリアは、素直に答えた。アルフレッドは、少女をみつめて、言った。

「僕は、そういうものを『アート』と呼んでいるよ」

見えないところで、役に立っていて、美しい。

MoMA初代館長、アルフレッド・バーの言葉は、八歳のジュリアの胸に響いた。そして、長い余韻となって、いつまでも彼女の中に残ったのだった。

一九四三年、秋。

前の年にハイスクールの生徒となったジュリアは、父の愛する「世界でもっともすばらしい場所」へ出かけるのが日課になっていた。すなわち、ニューヨーク図書館と、ニューヨーク近代美術館へ。

図書館の利用は無料だったし、MoMAは、ニューヨーク市民であれば――さらには学生であればなおさら――安い入場料で入ることができた。新しい展覧会が始まれば必ず行ったし、そうでなくても常設展を見に出かけた。

常設展はかなりの頻度で展示替えがされていた。マティスやピカソの作品はもちろんのこと、ジュリアは、幼い頃に自分の胸に鮮やかな波紋を残したマシン・アートが見たくて、足繁く通っていたのだった。

例のベアリングは、「マシン・アート」展のあと、MoMAのパーマネント・コレクションの仲間入りを果たしていた。MoMAは、世界で初めて機械の美に注目した美術館となり、あのベアリングは、芸術作品ではなくとも芸術的に美しいマシン・アートとして、世界で初めて美術館のコレクションの収蔵作品となった。まさに画期的な「事件」だった。

いったい、この世界に存在するどんなものまでをアートの領域に組み入れるのか。野心的なMoMAの挑戦は、その後も続いていた。

ジュリアは十七歳になった。その年、アメリカは不安定で重苦しい状況に直面していた。世界を巻き込んだ大戦は、もはや後戻りできない泥沼に踏み込んでいた。二年まえ、日本軍によるパール・ハーバー奇襲が起こった。油断をしているとアメリカ本土がやられると、アメリカ軍がいよいよ本気になった。それでも、太平洋には面していないこの街がやられることはあるまいと、ニューヨーク市民は誰もが漠然と信じていた。

確かに物資の制限や若い男性の徴兵はあったし、新聞やラジオでは連日戦況が報じられていたが、大都会ニューヨークは特権的に守られていた。ジュリアの父が営む書店は通常通りの営業を続けていたし、図書館も美術館も、何事もないかのように、市民に門戸が開かれていた。

将来はアート系の大学に進学したいと、地元の絵画教室に通っていたジュリアは、自由課題で、いつも「ユニークな」対象を選ぶのが常だった。つまり、カップや花瓶をバランスよく構図に収める静物画ではなく、カップの機能、花瓶のディテールに迫るスケッチを幾枚も書き、独自のカップや花瓶を創り出してしまうのだった。「つまり、あなたは画家ではなくて、デザイナーになりたいというわけね」と、教室の先生に言い当てられてしまった。

何の役に立っているかわからないけど、どこかで生活の役に立っていて、美しいもの。ジュリアは、そういうものにこそ、自分の興味の針が大きく振れることを、もうとっくに気づいていた。

ジュリアがスケッチブックに飛行機の――戦闘機ではなく、あくまでもマシンとしてジュリアの目には映っていた――写真を見ながら、プロペラやステップを詳細に描き写すのを、母は憂鬱な表情で見守った。そして、ときどき口出しをした。「プロペラなんて描かないで、もっと心が明るくなる、きれいなものを描いたらどう？」

けれど、ジュリアは言った。「どうやって動くのか、研究してるだけよ」

父も母も、表立っては口にしないものの、戦争を嫌っていた。自分たちは大丈夫と思っているのだが、そう思っていること自体に罪悪感を感じているようだった。

実際、ジュリアは、べつだん兵器に興味を持っていたわけではない。飛行機のパーツや、形態《フォルム》そのものに関心があった。いかなる機能に従ってそのフォルムが生まれたのかを知りたかった。ティーポットであれ、椅子であれ、地下鉄の車両であれ、機能性の高いものにはすぐれたフォルムがあると感じていた。

形態は機能に従う《フォルム・フォロ－ズ・ファンクション》――とは、アメリカの建築家、ルイス・サリヴァンの言葉だ。MoMAのライブラリーに並んだ建築の本の中に、この一節をみつけ、ジュリアは胸をときめかせた。機能をもつもの、何かの役割を与えられたもの――その機能に従った形態は、自然と美しいかたちになるのではないか。それが彼女の解釈だった。

ニューヨーク図書館に出かけたあと、ジュリアは、隣接するブライアント・パークの芝生に、あるいは緑色のベンチに座って、周辺を囲む高層ビルを眺めるのが好きだった。ジュリアは、サリヴァンの本を読んで以来、建築にも興味を持ち始めた。好奇心の翼はさかんにはばたきを繰り返す。ふつうのハイスクール・ガールとは自分はどこか違う――ひょっとすると、超越している――ということが、どこかしら誇らしくもあり、そのじつ、寂しくもあった。

クラスメイトがボーイフレンドの話で盛り上がっているときも、自分はうまくその輪の中に入っていけない気がした。逃げ出すように学校から帰り、図書館や美術館へ行って、公園の片隅で、日が暮れるまでぼんやりしていることもあった。

十月の終わり、ハロウィンが近づいていた。その年は、戦時下ということもあり、市民のあいだにはハロウィン・パーティーを自粛する動きが広がっていた。もとよりジュリアはお祭りが苦手だった。パーティーに招かれれば、ちょっと離れたところで楽しそうな人々を眺めているほうが好きだった。そんなふうだから、なかなかボーイフレンドもできずにいるのだが。

いつものように図書館でデザイン関係の本を読み漁り、ブライアント・パークへ出た。燃えるような夕焼けが、タイムズ・スクエアの方角の空を染め上げていた。キオスクでミルク入りのコーヒーを買い、お気に入りのベンチへと向かう。と、そこに先客がいた。白髪まじりのきっちりと分けた髪、銀縁眼鏡。品のいい黒いウールのコート、少しくたびれたウィング・チップ。

――あ。

ジュリアは、思わず小さく声を上げた。

アルフレッド・バー。MoMAの館長だ。

ジュリアは、胸の中で心臓がリズミカルに飛び跳ねるのを感じた。

間違いない、アルフレッドだ。まだ小学生だった頃、両親に連れられて、初めて訪れた美術館。そこで、偶然、彼に出会ったのだ。

そのあと、何度も美術館へ行き、彼が書いたものはすべて読んできた。彼はすっかり有名人だったから、新聞や雑誌にも彼の記事や写真がたびたび載った。「モダン・アートの革命児」とかなんとか。

要するに、彼こそがモダン・アートの概念を創り出した張本人だって、何かの雑誌に書いていたわ。――ええと、なんだったっけ？

アルフレッドは、ベンチに座って、漫然と公園を眺めていた。頬がこけて、生気のない顔つきだった。やがて、少し離れた場所に立ち尽くすジュリアに、見るともなしに視線を投げてきた。ジュリアは、そっと笑いかけた。そして、池に浮かぶ水鳥を脅かすまいとでもするように、ゆっくり、ゆっくり、ベンチに近づいていった。

「こんにちは、あの……ミスタ・アルフレッド・バー」

アルフレッドは、不思議そうな表情になった。そして、

「やあ、こんにちは。あなたは、ええと……」

「ジュリアです。シンドラー書店の。イースト・ヴィレッジの……」

ああ、とアルフレッドは弱々しい笑みを浮かべた。

「ヴィレッジのシンドラー書店か。懐かしいな、もうずいぶん長いこと行っていない。……君は、そこのお嬢さん？」

はい、とジュリアは答えてから、少しがっかりした。やはり、自分と会ったことなど覚えていないのだ。あれから十年近く経っているのだから、当然と言えば当然だが。

「隣に座ってもいいですか」思い切って訊くと、

「ああ、もちろん。――チョコレートがあるよ、食べるかい？」

コートのポケットから出てきたのは、M&M'Sの袋だった。ジュリアは、「う、わ、あ」と幼い少女のように無邪気な声を上げた。

「知ってます。これ、ＭｏＭＡのパーマネント・コレクションに入ってますよね。私、これ大好きで、ほんと、楽しくてきれいだなあって思ってたから、そのニュースを新聞で見て、すごくうれしかったわ」

アルフレッドは、銀縁眼鏡の奥の瞳を細めた。

「ずいぶん詳しいんだな。きっと、いつも美術館へ来てくれているんだね」

「ええ、もちろん。ＭｏＭＡで色んなことを勉強しました。モダン・アートってなんなのかとか、新しい美は相当な醜さを持って生まれるとか、形態は機能に従うとか、機能をもつものは美しいとか……」

ジュリアは、心の宝箱にしまってあった言葉を次々取り出してみせた。そして、言った。

「私の人生を導いてくれた言葉も、ＭｏＭＡで学びました」

「そう。どんな言葉？」アルフレッドが尋ねた。

「知らないところで、役に立っていて、それでいて美しい。そういうものを『アート』と呼ぶ」

アルフレッドは、再び、不思議そうな表情を作った。ジュリアは、胸をときめかせながら言った。

「それを、まだ子供だった私に言ってくれた人が、ＭｏＭＡにいます。私はその人を、心から尊敬しています」

ふと、風が通り過ぎるように、アルフレッドは微笑した。そして、どこか懐かしそうな口調でつぶやいた。

「そういえば、いたなあ。そんな青臭いやつが」

アルフレッドとジュリアは、辺りが暗くなるまで、チョコレートを食べながら、おしゃべりをした。話したのは、主にジュリアのほうだった。生まれて初めて美術館へ行ったとき見たのがマシン・アート展だったこと、それ以来ＭｏＭＡの展覧会や常設展をひっきりなしに見にいっていること、何よりもデザインに興味を持っていること、プロペラのデザインを研究するのを両親が快く思っていないこと……できれば将来、工業デザイナーになりたいと思っていること。このことは、誰かに打ち明けるのは初めてだった。アルフレッドは、終始笑みを絶やさずに、聴き入っていた。

それにしても、多忙を極めているはずの館長が、どうしてこんな時間にこんなところにいるのか、わからなかった。けれど、それについてジュリアが質問することはなかった。その時間にその場所にアルフレッド・バーがいてくれたことは、神様から自分へのギフトだと思うことができたからだ。

「またお会いするために、MoMAへ行ってもいいですか」

別れ際に握手をしたとき、ジュリアは勇気を出して訊いてみた。アルフレッドは、少し寂しそうな微笑みを浮かべて、答えた。

「いつでも歓迎するよ。――私は、もういないけれど」

アルフレッド・H・バー・ジュニア　MoMAを去る――理事長ステファン・クラークと確執　館長を解任される

ニューヨーク・タイムズの文化面に、そんな記事をみつけたのは、それから二日後のことだった。

アルフレッド・バーが死んだ。

若者でごった返すルーシー・エイマン・ギャラリーの片隅で、ジュリアは、思いがけないニュースを伝えられた。

もはや、過去の人である。一九四三年、MoMAの館長を電撃的に解任されたが、彼を慕うキュレーターやスタッフの取りなしで、いったんは「顧問」に留まった。が、すべての権限が取り上げられた、なんら機能しないポジションだった。

その後、コレクション・ディレクターとして、MoMAの作品収集へのアドヴァイスを行った。しかし、あくまでも収集作品の提案は各部門のキュレーターが行い、最終的に決めるのは理事会だった。

結局、一九六七年に、アルフレッド・バーはMoMAを退職した。その後、彼がどんな余生を送ったのか、もはや関心を示す者はいなかった。

MoMAの屋台骨を創り、「モダンとは何か」と提議し続け、新しい分野を次々にアートの世界へと導いてきたモダン・アートの立役者は、ある日突然、蚊帳の外へ追い出されて、それっきり表舞台には戻らなかった。

「実務能力に欠けていた」と、彼を解任した張本人であるMoMAの理事長、ステファン・クラークが後日談を残している。保守的で有名だったクラークは、バーが「モダン・ペインティングとは何か？」と題した私論を、美術館の名を使って出版したことに腹を立てたとも言われている。

クラークは、シンガー・ミシンの共同創設者を祖父に持つ億万長者であり、印象派の大コレクターでもあった。バーが機械の部品をアートワークの仲間に入れたのが気に入らなかったのではないかとも囁かれた。クラークはミシン屋なのに、ミシンのパーツをアートと看做せなかったのが悲劇を呼んだのだ、などと。

アルフレッド・バーが創設した建築・デザイン部門の花形キュレーターであるパメラは、感慨深そうに言った。

「私がMoMAのキュレーターになったのは、いまから十年まえだから……もう彼がリタイアしたあとだったし、あなたが子供の頃に見たっていう『マシン・アート』展が開催されたときは、まだ生まれてもいなかった。私にとって、アルフレッド・バーは最初から伝説だったわ」

彼の書いたものはすべて読んできたし、彼が企画した展覧会は、残された資料をつぶさに研究した。彼の足跡をたどって、いまの自分があるのだと。

まったく、同感だった。ジュリアもまた、パメラと同様に、彼の為してきたことを研究し、彼の感性に影響され、彼の美学に傾倒した。

ふたりが友人になったとき、ジュリアは四十代後半で工業デザイナーとして名を馳せ、四十歳になったばかりのパメラは斬新な企画を次々に手掛けるMoMAのキュレーターだった。イースト・ヴィレッジのカフェで、ワインを飲みながら、まるで学生時代に戻ったかのように、デザイン談議に花を咲かせた夜もあった。ふたりは、MoMA初代館長を、敬意と愛情を込めて「私たちのアルフレッド」と呼んだ。

アルフレッド・バーは、風だった。ジュリアとパメラの人生に、あるときは強く、あるときはごくささやかに吹き過ぎた風だった。目には見えず、けれど大いに役に立つ、美しい風だった。

「まるで、アートそのものね。私たちのアルフレッドは」

ぽつりとジュリアが言った。パメラは、寂しげな微笑を浮かべた。

「ねえジュリア。私、あなたの耳に入れたいことがふたつある、って言ったわよね。……そのふたつめ、話してもいい？」

ジュリアは、うつむけていた顔を上げて、パメラを見た。友は、ジュリアの潤んだ瞳を静かにみつめて言った。

「今日、ある人物から私のところに電話があったのよ。MoMAのパーマネント・コレクションになっている電卓をデザインしたジュリア・トンプソンに連絡をしたい、連絡先を教えてほしい、って」

そして、四つ折りのメモ用紙をポケットから取り出し、ジュリアに手渡した。

「世界をひっくり返すような、斬新な発想のパーソナル・コンピュータの開発をするから——あなたにそのデザインを担当してほしいそうよ」

ジュリアは、小さな紙片をそっと開いた。電話番号と、名前が走り書きしてあった。

——スティーブ・ジョブズ。ジュリアは、目を瞬かせた。

「彼……『アップル』の？」

パメラは、うなずいた。

「ええ。去年、株式公開して億万長者になった、若き発明家。『アップル』の経営者の、彼よ」

マッキントッシュ・プロジェクトというのを始めたのだという。まったく新しいコンピュータのチーフ・デザイナーに、ジュリア・トンプソンを迎え入れたい。これからのコンピュータは、デザインが優れていなければ、美しくなければ意味がない。若き経営者は、電話口でそんなことを捲《まく》し立てたという。

「私、訊いてみたのよ。どうして私のところに電話してきたの？　直接ジュリアのオフィスに電話すればいいでしょ、って。まだ二十五歳かそこそこで『フォーブス』の長者番付に載った彼に、ちょっと意地悪を言いたかったの」

ジュリアは、思わず笑ってしまった。

「で、彼、なんて答えたの？」

パメラは、ふふ、と自慢げに笑って、

「『デザイン』を『アート』の領域に高めたのは、あなたたちだから。そう言ってくれたわ」

ジュリアは、手の中にある紙片をじっとみつめた。それから、元通り四つ折りにして、ジーンズのポケットに入れた。

「神様からのギフトじゃない？　受けて立つわよね？」

パメラの問いに、ジュリアは微笑んだ。

「さあ、どうしよう……訊いてみようかな」

――私たちのアルフレッドに。

新しい出口

Exit between Matisse and Picasso

——まただ。

混雑する地下鉄の車中で、たとえようもなく厭な感じが足下から上がってくる。たちまち全身の皮膚が粟立って、額に、背中に汗が噴き出す。

それは決まって朝の通勤時間、地下鉄に乗っているときに覚える感覚だった。ざわざわと、幾千の虫が地面から湧き出して、くるぶしからふくらはぎを伝い、腿を通って背中まで駆け上がってくるような、気味の悪い感覚。

その感覚がくると、ローラ・ハモンドは、軽く目を閉じて、できるだけゆっくりと深い呼吸をするようにしていた。かかりつけのメンタルクリニックのドクターが、どこでもできる対処法として、意識的に呼吸をする、その方法を教えてくれていた。

パニック障害の一種だとの診断を半年まえに受けた。強い精神的衝撃を受けた場所、時間、状況に置かれたとき、めまいがしたり、呼吸が苦しくなったり、動悸がしたりする——彼女の症状は、まさにその通りだった。

朝八時きっかりに、ローラは、ニューヨーク、マンハッタンのアッパー・ウェスト・サイドにあるアパートを出る。そして九十六丁目駅から地下鉄Aラインに乗り、五十丁目駅でEラインに乗り換えて、ロングアイランドにあるクイーンズ地区のクイーンズプラザ駅で下車する。以前、降りていた五番街《フィフスアヴェニュー》／五十三丁目《フィフティーサード》駅は素通りして。

以前は、長らくロウワー・マンハッタンのトライベッカと呼ばれる地域に住んでいたが、ほぼ一年まえの九月十一日に起こったあの大惨事に直面して、とてもじゃないが住み続ける自信がなくなってしまった。

9・11のあと、茫然自失してしまったローラは、しばらくは友人の家に身を寄せていたが、いつまでも居候を続けるわけにはいかないので、この春に、重い腰を上げてアパートを探し始め、ようやくいまの場所に落ち着いた。ちょうど、職場であるニューヨーク近代美術館《MoMA》が、マンハッタン西五十三丁目にあった施設を全面建て替えするために、展示ギャラリーも事務所も収蔵庫も何もかも、いっせいにクイーンズの仮施設に引っ越した直後だった。

気色の悪い感覚を地下鉄の中で覚えるようになったのは、新居からMoMA《モマ》 QNS《クイーンズ》に通い始めてからのことだ。乗車後五分ほど経った頃、混雑する車内で立っていると、あの厭な感じが湧き上がってくる。最初のうちは驚いて、その都度思わず途中下車して、ホームでひと休みを余儀なくされた。遅刻が続いてしまったので、早めにアパートを出るようにしたが、やはり同じだった。

どうしてもどうしてもどうしても、思い出されてしまうのだ。九月十一日の九時頃、あのときのえも言われぬ恐ろしい感覚が。

——どうしよう。

途中のホームに降りて立ちすくみながら、ローラは両手で胸をぎゅっと押さえ付けた。こんなことじゃ、仕事にならないじゃないの。しっかりしなくちゃ。いま、いちばん大事な局面じゃないの。私がちゃんとしないと、ボスに迷惑がかかる。彼の負担を、これ以上増やすわけにはいかないでしょう。

そう言い聞かせて、頭を振り、深呼吸をして、次にきた電車に乗り込む。が、またしばらくしてあの感覚に襲われる。ホームに降りる。自分に言い聞かせて、深呼吸する。また電車に乗る。

そんなことを繰り返して、職場にたどり着くまでに、ゆうに一時間以上がかかってしまうのだった。

ニューヨークの地下鉄のホームの薄汚れたベンチにぐったりと身を預けて、ローラは、目の前を足早に行き過ぎる人々、ホームに滑り込んではどっと乗客を吐き出し、ドアを閉めて走り去る鈍く光る銀色の車体に、虚ろな視線を投げていた。

すえて澱んだ空気から逃《のが》れて、一刻も早く地上に出たい。

外へ出れば、強い日差しがすぐさま半袖のシャツの腕を容赦なく射すだろう。アスファルトから立ち上る熱気。九月の午前中だというのに、信じられないほど夏の気配を残した青い空。

あの日、あの空を切り裂くようにして、小さな白い機影が突っ込んでいったのだ。あの日に限って、同僚のセシルが向かった先、ワールドトレードセンター目がけて。

あれから、もうすぐ一年。

――セシル。

ローラは、胸の裡で、いまはもうどこにもいない友に向かって呼びかける。

――あの日、ひょっとすると、WTC《ワールドトレードセンター》に出向くべきだったのは、あなたじゃなくて、私だったのかもしれない。

そう、本来であれば私が行くべきだった。たいした用事じゃなかったんだもの。今度の展覧会に借りる作品を所蔵するコレクターの会社に、ちょっとした届け物をするだけ。私のほうが近くに住んでいたんだし、ちょっと気をきかせて、私が行きます、って言えばよかったんだわ。

それなのに、私は、そうしなかった。そんなの、わざわざ行かなくたって、メッセンジャーを使って届ければいいじゃないの、って思って。あなたが、私が行ってきます、ってボスに言うのを、黙って聞いていた。

あなたは、私の腰が重い理由を、ちゃんとわかっていたのよね？

八月のサマー・ヴァケーションの直前に、郷里のコネチカットで独り暮しをしていた母が亡くなってしまって……それ以来、私がひどく落ち込んでいたことを。

――メッセンジャーにデリバリーさせましょう。

そう言えばよかった。けれど、ローラはそう言わなかった。

ローラもセシルも、わかっていたのだ。

それは、ほんとうに、ちょっとしたデリバリーだった。けれど、ほんのちょっとしたデリバリーだからこそ、業者に託さずに、MoMAの人間が行けば、コレクターに対して誠意を見せることになるのだと。

そうして、セシルは、出かけていった。あの日、八時四十五分、WTCへと。

アポイントの十五分まえには、ビル一階のエレベーターにたどり着いておかなければならない。特に朝いちばんは、エレベーターが混雑して、高層階のオフィスにたどり着くまでに、結局十分以上かかってしまうこともある。何度かそのオフィスを訪問したことのあるセシルは、そうと知っていた。

だからあの日、セシルは、ハイジャックされたアメリカン航空11便が八時四十六分にツインタワーの北棟に突入したとき、すくなくとも、その一階のエレベーターホールにいたはずなのだ。

ちょうどそのとき、ローラは、地下鉄に乗っていた。まだそのときには、職場のMoMAは西五十三丁目にあった。通勤ラッシュで、車内は混雑していた。冷房が効いていたものの、さまざまなにおい——汗のにおい、安っぽいコロンのにおい、ハンバーガーのにおい、新聞紙のインクのにおい、そのほか、ありとあらゆる猥雑なにおい——が車内には充満していて、一刻も早く外へ出たいといら立つのは、いつものことだった。

五十三丁目駅で下車し、蒸し暑い構内を人混みにまみれながら進んで、悪夢のように長いエスカレーターに乗り、出口に続く階段を上って、ようやく地上にたどり着いた。出てすぐ、目の前に見えるのは、ドーナッツスタンドの銀色のワゴン。毎朝、同じ位置に停まっているのだ。ここでコーヒーを買うのが、ローラの日課だった。

おはよう、と顔見知りの店主に声をかければ、すぐに紙カップに入ったコーヒーが出てくるはずだった。それなのに、その日は違った。

おはよう、とローラがあいさつしたのに、店主は返事をしなかった。惚《ほう》けたように、空を見上げていた。

——どうしたの？　何かあったの？

一ドル紙幣を差し出しかけて、ローラは尋ねた。店主は、口を半開きにして、ローラを見た。その目には、おびえたような色が浮かんでいた。

五十三丁目の通りにいる人々の様子もおかしかった。立ちすくんで空を見上げる人、何かを確認するように五番街《フィフスアヴェニュー》のほうへ足早に移動する人、不安げな顔と顔を見合わせる人々。

何かわからないが——とてつもないアクシデントが起こったのだ、とローラは直感した。

腕時計を見ると、ちょうど九時だった。いつもは九時半までに出勤するのだが、その日は午前十時から美術館の理事長出席のもとに学芸会議が予定されており、アシスタント・キュレーターを務めるローラは、その準備のために早めに出勤したのだった。

——何か、事故でもあったの？

ローラの問いに、ドーナツスタンドの店主は、頭を横に振った。

——いいや、わからないけど。……ものすごい音がして……何か、爆発したような……。

そのとき、誰かが大声で叫ぶのが聞こえた。

――ツインタワーが、ツインタワーが……！

ツインタワーが、ぶっこわれるぞ！

人々のどよめき、近づいては遠ざかるサイレンの音。ローラは、波打ち際に置き去りにされた子供のように、自分の周囲で急激に高まっては遠ざかる不穏な波にさらされて、通りに立ち尽くしていた。足元から、うす気味悪い感覚が、ざわざわ、ざわざわと上ってくるのを感じながら。

二〇〇一年九月十一日。

ＭｏＭＡは一時的に閉鎖、職員全員に自宅待機指令が通達され、予定されていた会議やイベントはすべてキャンセルとなった。

そして、ローラの同僚、ときに小憎らしいライバル、そして唯一無二の友だちだったセシル・アボットは、あの日を境に、この世界から永遠に姿を消した。

二〇〇二年九月三日、午前九時半から始まった学芸会議に、ローラは十分遅れで到着した。

会議室には十数名のメンバーが集まっていた。ローラの直属のボス、チーフ・キュレーターのティム・ブラウン、展覧会ディレクターの杏子ハワード、修復部門チーフのルイーズ・バリュモワ、インターナショナル・プログラム部門ディレクターのアドルフ・リッチモンド、事務局長のケネス・ウィスラー、ローラと同じくアシスタント・キュレーターのアンジー・ミラー、そのほか事務スタッフが数名。

そっとドアを開けると、ちょうど杏子ハワードが一演説ぶっている真っ最中だった。楕円の大きなテーブルのいちばん端に陣取っていたアンジーの隣の席にこっそりと座る。アンジーが、ちらりとこちらを見たので、ローラは（遅れちゃった）と言い訳するように目配せをしたが、アンジーはつんと取り澄ました横顔になった。

「八月十八日に終了したロンドンのテート・モダンでの展覧会『マティス　ピカソ』は、十五週間の会期中、順調に動員数を伸ばし、結果的に予想をはるかに超えた記録的な来場者数になりました」

つい先日、パリ出張から戻った杏子は、声を弾ませて報告をした。

「ルイーズ・バリュモワの立ち会いのもと、先週末、当館から貸し出している作品群も、無事パリのグラン・パレに到着しました。コンディション・リポートは、ルイーズが作成して、すでに事務局に提出した通りです」

「特に問題は？」

ルイーズのほうに向かってティム・ブラウンが短く尋ねると、

「まったく問題なしです。すべて完璧な状態でした」

すぐにルイーズが答えた。ティムは、小さくため息をついた。

「そうか。よかった。当然とはいえ、ルースが気を揉んでいたからね。……特に例の一点に関しては」

ルース・ロックフェラーはMoMAの理事長であり、創設時からMoMAを支えてきたアメリカきっての大富豪・ロックフェラー家の首長たるネルソン・ロックフェラーの長女であった。世界的に著名なアートの庇護者であり、MoMAの大パトロンでもある。

ティムが「例の一点」と表現したのは、MoMAコレクションの中でも門外不出の傑作、パブロ・ピカソ「アヴィニョンの娘たち」のことだった。ルネッサンス以来、脈々と伝え育まれてきた美の概念をぶちこわし、二十世紀美術における一大革命を引き起こした問題作である。MoMA創設者のひとり、リリー・P・ブリスは、コレクションの目玉として、一九三九年にこの作品を購入してMoMAに寄贈した。その際の条件が「門外不出――決して館の外に出すべからず」であった。

ロックフェラー家もまたMoMA創設者のメンバーであったため、ブリスとMoMA

との約束は、ブリスの死後、ＭｏＭＡの理事を代々務め続けたロックフェラー家によって守られることとなった。その結果、「アヴィニョンの娘たち」は、ＭｏＭＡの展示室内に留まって六十年以上を過ごしてきた。それは、このさき永遠に変更されないであろう約束だった。

ところが、二〇〇二年、ついにこの世紀の問題作がＭｏＭＡの展示室を出る日が訪れたのである。

二〇〇二年五月から二〇〇三年五月までの一年間、ロンドンのテート・モダンを皮切りに、パリのグラン・パレ、そしてＭｏＭＡと、世界三カ所を巡回する大展覧会、「マティス ピカソ」に「アヴィニョンの娘たち」を出品することに、ロックフェラー家と理事会が同意したのだ。

宿命のライバルにして唯一無二の友人同士だった、アンリ・マティスとパブロ・ピカソ。このふたりの作品を同時検証しつつ、いかに呼応し合っていたかを展観する。そんな展覧会を企画できないか――と、起案したのは、ＭｏＭＡの前チーフ・キュレーターで現在はハーバード大学教授、世界的なピカソ研究の権威として知られるトム・ブラウンと、かつては彼のアシスタントをしていたティム・ブラウンの両者であった。

五年ほどまえにこの企画が会議のテーブルに初めて上がったときのことを、ローラはよく覚えている。

半年に一度のMoMAの合同学芸会議では、絵画・彫刻部門、デザイン部門、建築部門、写真部門等、各分野の学芸部のチーフ・キュレーターとキュレーターが、それぞれに企画の発案をする。ティム・ブラウンは、その会議の際に、とてもチャレンジングな企画だが、と前置きして、モダン・アート界の最大の巨匠であるマティスとピカソ、ふたりの展覧会をいっぺんに仕掛ける——ふたつ同時に、ではなく、ふたつをひとつのものとして——と提案したのだ。

これには、会議室が騒然となった。これはとてつもなくすばらしい企画だという興奮と、そんなことはできっこないとのあきらめが、その場に参加していたすべてのメンバーの中に同時に湧き上がったのだ。

さらにティムは、この企画を、自分と、もと上司のトム・ブラウン——そう、彼らの名前は一文字違いで、そのおかげでとんでもない「冒険」をしたものだと、ティムが楽しそうに言っていたこともあった——とで起案したいと宣言した。そして、この企画は、テート・モダンとフランス国立美術館連合の協力なしには成立しないだろうとも。そして、彼らをその気にさせるために、門外不出の「アヴィニョンの娘たち」の出品を検討する、とぶち上げたのだ。

その言葉を耳にした瞬間、ローラは、自分の胸めがけて突風が吹きつけた気がした。

――すごい。

そんな企画が、もしも実現したら……。

歴史に残る、記念碑的な展覧会になるはず。

ローラは、隣の席に座っていたセシルに、こっそりと目を向けた。セシルもまた、ローラをみつめていた。その瞳は、驚きと興奮とで震えていた。

――すごいね。

声には出さなくとも、セシルが語りかけてくるのが聞こえるようだった。ローラは、思わず小さくうなずいた。

ローラはピカソを、セシルはマティスを追いかけて、いつか自分たちで企画ができることを夢みながら、アシスタント・キュレーターとして、MoMAに勤務していた。MoMAで働いていること自体夢みたい、とローラが言えば、だめだめ、そんな弱気じゃ、自分たちで企画できなくちゃ意味ないでしょ、とセシルが発破をかけた。

――いつの日か、私が企画した「大ピカソ展」をやるわ。

ローラが大胆に言ってみると、

――それよりさきに、私が「大マティス展」を仕掛けてみせるから。

自信満々で、セシルが言い返した。

そう、夢だったのだ。それぞれが、憧れのアーティストの大回顧展を手掛けること。

まさか、ふたつをひとつに、なんて、思いもしなかった。

――トム・ブラウンとティム・ブラウン。ふたりは、ひとつになって仕掛けることを考えたんだわ。ああ、やっぱり、ボスたちにはかなわないなあ。

あの日、会議が終わった直後に、セシルがため息をついて、そう言っていた。ローラもまた、同じ気持ちだった。

――ねえ、私たち、どうする？

少し残念そうな口調で、それでいて高揚する気持ちを隠せないように、セシルが訊いた。

――さきにやられちゃったわね。こうなると、私たちが自分たちの企画を実現するまで、まだまだ時間がかかりそうだなあ。

ローラは、くすっと笑って、返した。

――こうなったら、とことん、ボスをアシストしましょうよ。で、いつか私たちがキュレーターになって……そう、たぶん、もうしばらく時間がかかるけど……もっと面白くて、もっとチャレンジングな企画を、共同で仕掛けようよ。

セシルの頬が、みるみる紅潮した。彼女は、輝くような笑顔になると、右手を高く掲げた。ローラは、その手に自分の右手を勢いよく合わせた。パチン！　と元気よく音を立たせて。

あれが、五年まえのできごと。

そして、いま。

「マティス　ピカソ」展は、五月に無事ロンドンのテート・モダンで開幕。八月十八日に終了し、九月になったいま、出品作品はすべてパリのグラン・パレに輸送が完了し、展示準備が進められていた。

「門外不出」だった「アヴィニョンの娘たち」がロンドンへ送られるときは、ローラは、まるで自分が生まれて初めて旅に出るかのように緊張した。

まさか、ほんとうにこの作品がＭｏＭＡを出る日がこようとは、想像だにしなかった。

しかし、ピカソが「アヴィニョンの娘たち」をこの世に生み落とすより三年まえに、マティスが「フォーヴィスム（野獣派）」の第一波をすでに放っていた。色彩の革命と呼ばれるフォーヴィスムの誕生を追いかけるように、あるいは追い越すようにして、ピカソは形態《フォルム》の革命を巻き起こしたのだ。

「色彩の魔術師」とも呼ばれるマティスの代表作「浴女と亀」に呼応するのは「アヴィニョンの娘たち」をおいてほかにはないだろう。どうしてもこの作品をMoMAから出さなければ、この巡回展は成立しないのだ。

ティムはトムと一枚岩になって、ルース・ロックフェラーを口説き落とした。おりしも、二〇〇二年には五十三丁目のMoMAのビルが全面改装に入る。クイーンズ地区に「MoMA QNS」と名付けた仮施設——仮とはいえ、貴重な作品を展示するのに十分な機能と設備をしつらえた——を建設し、コレクションの一部は国際展に貸し出す絶好のタイミングであった。実は、そのタイミングに当てて、ティムはこの企画を立ち上げたのだった。

「アヴィニョン」がついに出品されると決まったとき、ローラとセシルは、抱き合って喜び合った。——もちろん、ボスの見えないところで。

「で、結局行かなかったんだ？　ロンドン展は」

学芸会議が終わったあと、部屋を退出しながら、同僚のアンジーがローラに話しかけた。アンジーは、セシルなきあと、アシスタント・キュレーターの公募に応じて、ロサンゼルスの美術館からMoMAへ転職を決めた。専門は、やはりマティスで、「マティス　ピカソ」のアシスタントも精力的にこなしていた。

才気煥発で、ボスの評価も高い。彼女の書いたマティスに関する博士論文は、ローラも読んだ。とてもよくまとまっていた。すばらしいと思う。けれど……。

「ええ、行かなかったわ。夏休みも、色々、忙しくて……」

ローラが答えると、アンジーは、ふん、と鼻を鳴らした。

「自分がアシスタントを担当した展覧会なのに、行っておくべきだったんじゃないの？　それとも、出張じゃなきゃ行かないってわけ？」

アンジーは、ロンドン展がオープンしてすぐ、「有休をとって、全部自費で」テート・モダンへ飛んでいった。そして帰ってくると、「すばらしかった！　早く観にいくべきよ」と、ローラやほかの同僚に向かってまくしたてた。ローラは微笑んでそれを受け止めたが、どうしても観にいく気にはなれなかったのだ。

「別に、そういうわけじゃないけど……」

ローラは、力なく応えるほかなかった。

アンジーがつっかかってくる理由はわかっていた。ティムのアシスタントになって以来、体調に波があるローラに代わって、彼女はありとあらゆる雑務を引き受けてきたのだ。ローラが９・11のショックでＰＴＳＤになってしまったことは、ティムが彼女に説明してくれた。

アンジーは、必要以上にがんばった。どんな業務も、文句ひとつ言わずに、すばやく、的確にやってのけた。だから、彼女にはこの展覧会を観にいく意義があるし、意味がある。

――けれど、自分はどうなのだろう。

「思いやられるわね、そんな調子じゃ。まあいずれ展覧会はＭｏＭＡにくるんだし、それまで待てるんなら、そうすれば？」

そう言い捨てて、アンジーは、廊下をさっさと行ってしまった。

「マティス　ピカソ」が、ニューヨークへと帰り着くまで、あと五ヶ月。

私は、そのときまで、ここに留まっていられるのだろうか――。


二〇〇二年、クリスマス間近、マンハッタンに雪が降った。

冬が巡りくるたび、耳が切れそうなほどの寒風に辟易して、早くあたたかくなればいいのに、と心の中でつぶやいているくせに、こうして粉雪が舞うと、冬も悪くはないな、などと思ってしまう。灰褐色に塗りつぶされた街が、ひと思いに軽やかな羽毛をまとったようになるのを見るのは、いつも押しつぶされたような気持ちを胸に抱いているローラには、いっときでも安らぎをもたらすようだった。

「マティスピカソ」は、目下グラン・パレで開催されているパリ展も大好評で、入場するのに長い列に並ばねばならず、週末は一時間待ちだと聞いた。

クリスマス休暇を使って行ってみようか、どうしようか、ずいぶん迷ったが、結局、コネチカットの叔母の家へ〝里帰り〟することにした。

独り暮らしだった母を亡くして、去年はサンクスギビング・デーにもクリスマスにも、コネチカットへ帰ることはなかった。今年のサンクスギビングに、叔母から電話があった。さびしいでしょう? 私もさびしいから帰っておいで、と。

叔母もまた、独り暮らしを続けているのだ。母に会いにいくと思って帰郷しよう、と決めた。

月初めに、クリスマス休暇はどうするんだい? とボスのティムに尋ねられた。その問いかけには、ぜひパリへ行っておいで、君がかかわった展覧会を観に——というニュアンスが含まれていると、ローラはすぐに気がついた。

母と友を立て続けに失ってしまって以来、晴れたことがないローラの心情を、ティムはいつもさりげなく慮《おもんぱか》ってくれた。ほんとうなら、自分のほうがボスの気持ちを読んで、あれこれ先回りしてアシストするべきなのに。

ティムの思いやりにふれればふれるほど、ローラは、いっそういたたまれない気持ちになるのだった。何の役にも立たないくせに、自分がMoMA《ここ》にいてはいけないんじゃないかと。

粉雪が風に舞う風景を窓の外にときおり眺めながら、ローラは、「マティス　ピカソ」の資料整理の真っ最中だった。

ティムはすでに次の企画の準備に入っていた。マティスとピカソの資料にいつまでも囲まれているわけにはいかない。借りていた資料の返却やファイリングの作業が、ローラが任されたこの展覧会に関連する最後の業務だった。

何十冊もの展覧会カタログの中で、付せんだらけの二冊の古いカタログがあった。MoMAのライブラリーから貸し出された、とても貴重な資料——一九三一年にMoMAで開催された「アンリ・マティス」展のカタログ、そして同じくMoMAで一九三九年に開催された「ピカソ：画業四十年」展のカタログ。

——すごいよねえ、この企画。こんな時代に、画期的だっただろうな。

二冊のカタログを隅々まで眺め尽くして、セシルがつぶやいていた。ローラの耳の奥で、その声が、ふいに蘇る。たったいま、すぐ隣から聞こえているかのように。

「マティス　ピカソ」の資料を集めるにあたって、ティムが最初にライブラリーから借り出すようにセシルとローラに指示したのは、この二冊だった。

MoMAがアメリカのほかの美術館に先駆けて開催した、マティスとピカソをそれぞれに展観する大型展。ふたつの展覧会のあいだは八年間空いていたが、どちらの展覧会も、まとまったかたちでマティスとピカソの作品をアメリカで見せる初めての機会となった。

――マティスは、この展覧会がきっかけで、アメリカ人に知られるようになったのよね。これを見たアメリカ人コレクターも、競ってマティスの作品を買ったとか。ロックフェラーも、バーンズも。

セシルは、三一年のマティス展については、修士論文を書くとき、MoMAから資料を借りて、ずいぶん読み込んだという。MoMAの初代館長、アルフレッド・バー・ジュニアのテキストはすばらしいものだったが、それ以上に、彼のモダン・アートに対する鋭くも的確な視座と、あふれんばかりに注ぐ情熱にこそ、大いに動かされた――とセシルはローラに語った。

ローラもまた、同様だった。修士論文はピカソの「ゲルニカ」で書いたのだが、そのときに、三九年のMoMAでの回顧展のカタログを借りて、暗記するほど読んだものだ。

一九三九年、戦火を逃れてヨーロッパからアメリカへ「避難」してきた「ゲルニカ」

が、最終的に収まった先がMoMAであったことは、つとに知られた話だ。あまりにも政治的ニュアンスを含み、あまりにも革新的な表現のこの大作は、ヨーロッパの覇者となることを狙っていたナチス・ドイツに、いずれ破壊されかねない危険を孕《はら》んでいた。

一九三六年のスペイン戦争勃発後、フランコ将軍率いる反乱軍に加勢したナチスは、一九三七年、スペイン・バスク地方の小都市、ゲルニカに対して、人類史上初となる無差別空爆を仕掛けた。非武装の市民が標的にされ、何千人もの罪なき人々が命を失った。祖国での惨事に怒りを爆発させたピカソは、その焔をカンヴァスの上に燃え上がらせた。そうして描かれたのが「ゲルニカ」なのである。

「ゲルニカ」は一九三七年に開催されたパリ万博のスペイン館に展示され、共和国政府はアートの力を使って国際的な関心を引くことに成功した。しかしながら、その二年後に、反乱軍はスペインを制圧してしまう。ピカソが忌み嫌うファシスト政権が、スペインをついに手中にしたのだ。

ピカソは「ゲルニカ」をアメリカに避難させる際、アルフレッド・バーに告げたという。スペインに真の民主主義が戻る日まで、決してこの作品をMoMAから出さないでほしい——と。

そして、アメリカで初めてのピカソの回顧展がMoMAで開催された。「ゲルニカ」

がその中に含まれていた。その後、フランコ将軍が他界して、実質的にスペインに民主主義政権が復活するまで、約四十年にわたって「ゲルニカ」はMoMAで展示され続けたのだった。

――そういえば、「マティス　ピカソ」の企画にかかわるようになるまで、私、戦時中のマティスとピカソの作品をくらべたことがなかったな。

マティスとピカソ、それぞれの同時代の作品の写真を並べて見ながら、セシルが言った。

――ほら見て、おもしろい。ピカソはテーブルの上のソーセージと、鋭いフォークをモノクロームで描いているのに……。

セシルは、ピカソのカタログレゾネに載っていた、一九四一年に描かれた「血入りソーセージのある静物」の写真に付せんをまず貼った。それから、マティスのカタログレゾネを開いて、同年に描かれた「マグノリアのある静物」にも付せんを貼った。

――ほんとだ。マティスのほうは、明るい色で、マグノリアの花を描いてる。戦時中、ふたりはそれぞれに、感じていることが違ったのね。

ローラが応えると、そうね、とセシルはつぶやいて、

――マティスとピカソは、お互いに、あいつは鼻持ちならないと、陰で文句を言った

りしていたらしいけど……同じ方向をみつめながらあくまでも違うものを描き続ける、そういうお互いの態度や意思を頼もしく思っていたんじゃないかな。

だって、それぞれ亡くなるまで、譲り合った作品は決して手放さなかった。他人の展覧会にはほとんど行かなかったふたりが、お互いの展覧会だけは、こっそり見にいっていた。そしてときどき会って、時間を忘れておしゃべりした……。

――そうね。きっと、ライバルだけど、誰より心を許し合える親友だったんだろうな。

――そうよ。「マティス、ピカソ」なんて呼び合ってなかったはず。「アンリ、パブロ」って、親しみを込めて、きっと呼び合ってたんじゃないかな。

――ああ、それ、いいね。じゃあ、私たちがいつか、この巨匠ふたりの展覧会を手掛けることがあったら、タイトルはそれにしない？

――「アンリ　パブロ」？

――そう。「アンリ　パブロ」。

――「アンリ　パブロ」。企画は「セシル　ローラ」。

――そうね。それがいい。「セシル　ローラ」。

ふたりは、声を合わせて笑った。

あのときの会話が、そのまま、ぜんぶ、やわらかな重さを伴って蘇ってくる。

ローラは、テーブルの上に広げたマティスとピカソのカタログを、静かに閉じた。窓の外に目をやると、粉雪はもうやんでいた。

二〇〇三年二月十三日、冷たく乾いた風がときおり通り過ぎる午前十時。ローラはMoMA QNSのチケットカウンター前にできた行列の中にいた。オンラインでチケット予約はしていたものの、チケットを受け取るにも尋常でなく長い列に並ばなければならなかった。「観にくるときには電話ちょうだい、スタッフエントランスから入れるようにするから」と、アンジーには言ってもらっていたが、もはやMoMAの職員ではないのだし、平気な顔をして裏口から入る気持ちは毛頭なかった。いや、むしろ、学生の頃のように、これから観る展覧会に思いを馳せ、胸を躍らせて、長い行列に一観客として並んでみたかったのだ。そうしたかったからMoMAを辞めたような気すらしていた。

クリスマス休暇から帰ってきて、ローラは、ティムに時間を作ってもらい、決意を打ち明けた。

一月いっぱいでMoMAを退職しようと思う、「マティス　ピカソ」の開催直前ではあるが、やるべき業務はすべて完了して去るつもりだ——と。

ティムは、驚きを隠せないようだったが、ローラの話を終始黙って聞いてくれた。全部聞き終わると、ひと言だけ、訊いた。

——その決心は、もう、変わることはないんだね？　と。

ローラは、口をきゅっと結んで、うなずいた。ティムは、ローラの目をじっとみつめると、そうか、と小さな声で言った。

——体調は、大丈夫なのかい？

ティムの問いに、ローラは、弱々しい笑顔を作った。

——これ以上、この街にいること自体、私にはよくないように思います。あの日の体験と苦しみは、この街に住む人皆が共有していることだけれど……私には、辛いばかりです。

——じゃあ君は、ここを出ていくと……？

ローラは、もう一度うなずいた。

——コネチカットの叔母のところで、しばらく暮らそうと思います。他界した母と同じように、彼女も独り暮らしで、身寄りもないので……母の最期のようにしてはいけないと。

そう告白したとたん、涙がこみ上げた。ごめんなさい、とつぶやいて、ローラは指先で目頭を押さえた。ティムは、おだやかなまなざしで、その様子を見守っていた。

――ひとつだけ、頼みがあるんだが。

ローラの涙が通り過ぎるのを待って、ティムが言った。ローラは、真っ赤な目をティムに向けた。

――セシルと君が手伝ってくれた「マティス　ピカソ」がMoMAでオープンしてから退職する、というのでは、どうだろう？

ローラは、ほんのりと微笑んで、いいえ、と首を横に振った。

ありがとうございます、ティム。けれど、私は純粋に、なんの先入観もなく、単なる一観客として、トムとあなたが企画したすばらしい展覧会を観たいのです。――セシルと一緒に。

そうして、ローラは、その日スタートした「マティス　ピカソ」展の会場の入り口へとやってきたのだった。

言葉もないほど、すばらしい体験だった。奇跡のような展覧会だった。ほんとうに、奇跡とは、こういうことをいうのではないか、と、展示されている作品をひとつひとつ、追いかけながら、ローラは、目の奥が熱くなって仕方がなかった。

カタログで、リストで、セシルとともに、何度も何度も確認した作品が、すべて壁に掛けられていた。それは、当然のことだった。それでも、信じられなかった。

ああ、「浴女と亀」。その向かいに「アヴィニョンの娘たち」。

「血入りソーセージのある静物」。その反対側に「マグノリアのある静物」。

マティスがいて、ピカソがいた。二十世紀の美術の奇跡が、この会場に集まっているのだ。

息詰まるほどの喜びと感動が、ローラの胸に押し寄せてきた。

いつまでも、いつまでも、ここにいたい。

この場所に。――マティスとピカソのはざまに。

けれど、やがて、展覧会は終わる。そして、この会場を出たら、私は、もうここには戻らない。

さびしさに足を搦《から》めとられる思いがした。前に進みたくない気持ちが、急激に湧き上がってきた。

――ねえローラ、私がいちばん好きなふたりの作品は、これと、これよ。

ふいに、セシルの声が蘇った。マティスとピカソのカタログレゾネを眺めながら、セシルがふたつの作品のページに付せんを貼った、あのとき。

——この絵、どっちも背中が描かれているでしょう？　マティスもピカソも、向こう側を向いている。けれど、ふたりがみつめていた地平は、きっと同じだったはず。

ふたりは、何をみつめていたのかな。

ねえローラ、どう思う？

展覧会の最後の展示室へと、ローラはたどり着いた。いったん立ち止まり、呼吸を整えてから、そっと足を踏み入れた。

小さな部屋には、二点の作品が、右の壁と左の壁、それぞれに、向かい合わせに掛けられていた。

こちら側に背中を向けて、ヴァイオリンを弾く男の肖像は、マティス。入り口か出口かわからない、放たれたアトリエのドアに向かって、やはりこちら側に背中を向けているのは、ピカソ。

タイトルは、「窓辺のヴァイオリニスト」と「影」。

アンリ、パブロ。ふたりの背中。

そのあいだを、ゆっくり、ゆっくりと通り抜けて、ローラは、展覧会場の出口へと向かった。

新しい出口。少しだけ明るい、明日への出口だった。

あえてよかった

Happy to see you

その年の夏のニューヨークの風景は、十年後のいまと比べるとずいぶん違っていたはずだ。なにしろ、ハドソン河に向かって三角に突き出したマンハッタンの先っぽには、ふたつのタワーが明るい光を放って建っていたのだ。ロウワー・マンハッタンではあらゆるストリートからそれが眺められた。森川麻実《もりかわあさみ》のアパートの窓からも。

二〇〇〇年、それにしても暑い夏だった。けれど麻実はその夏がいってしまうのが惜しかった。秋になれば研修先の美術館を去ることになっていたからだ。

麻実が毎日ロウワー・マンハッタンのアパートから地下鉄で通っていたのは、ニューヨーク近代美術館《MoMA》だった。日本の私立美術館の学芸員をしていた彼女にとって、ＭｏＭＡはさながらモダン・アートの王国だった。学生時代から憧れていた美術館に、わずか一年間であれ、派遣されることが決まったときは、人生でやるべきことのすべてをやってしまったような、妙な達成感を感じたものだ。麻実はそのとき三十二歳だった。

早々に夢がかなってしまった自分の幸運が、少し怖かった。

地下鉄Eラインに乗り、「五番街《フィフスアヴェニュー》／五十三丁目《フィフティーサード》」駅で降りる。地上に出てすぐ目の前にあるドーナツスタンドで、紙カップ入りのコーヒーとドーナツを買う。ドーナツをかじりながら、コーヒーで流しこんで、MoMAへと向かう。スタッフ用入り口は六番街寄りにあるのだが、そこに到着するまでにドーナツとコーヒーの朝食は終わらせる。スタッフ用入り口に設置してある大きなゴミ箱に、空になった紙カップを投げこんで、エレベーターに乗りこむ。それが、麻実のニューヨークでの朝食の「儀式」だった。

ニューヨーカーは、それが特権だとばかりに、朝、マンハッタンのストリートを早足で歩きながら紙カップのコーヒーを飲むのだ。麻実も、意気揚々と真似をした。

ドーナツスタンドやデリで売られているコーヒーは、いったい誰がデザインしたものなのか、皆同じ紙カップに入っていた。青地に白いギリシャの唐草模様と、茶色の文字――We Are Happy To Serve You. 喜んであなたにサービスいたします、と書かれたコーヒーカップで、ミルクと砂糖のたっぷり入ったコーヒーを飲むのがニューヨーカーの証しのように思われた。ニューヨーク以外では見たことのない、決してうまいデザインとはいえないこの紙カップが、麻実は好きだった。最初は捨てるのに抵抗を感じたくらい、気に入っていた。

麻実はMoMAでの一年間の研修後、東京で新しい私立美術館の開設に関わることになっていた。世界一流の美術館のノウハウを学ぶために、新美術館を開発の目玉として計画している企業に学芸員として雇われた彼女は、その企業から派遣されていたのだ。

その企業はMoMAに多額の寄付をしていた。その見返りに、MoMAは研修員の受け入れを認めたというわけだ。ずいぶん景気のいい話だ。十年後のいまとなっては、夢物語のようにしか聞こえない。

麻実が所属していた「インターナショナル・プログラム」という部署は、MoMAの中では遊軍的存在だった。「インターナショナル・カウンシル」という、世界中の美術好きの富豪が集まる組織に支援され、世界各国の美術館やコレクターと国際交流をし、情報収集する部署だ。展覧会を企画したり、美術館やアーティストと作品の貸出交渉をしたりする最前線ではない。MoMAのエリート軍団である「絵画・彫刻部門」その他の部門のキュレーターが思う存分派手な展覧会を仕立てられるように、あくまでも後方支援する部署だった。それでも世界中のコレクターや美術館から情報やときには金脈を引っ張ってくるのだから、重要でなくはない。所属のスタッフは、国際色豊かで、色々な国の研修生や移民系アメリカ人が集まっていた。

麻実の席は部署の中でも末端のオープン・デスクだった。とはいえ、彼女は美術館にとっては大事な「客」でもあった。部署のディレクター、チャールズ・ベックマンのアシスタントであるパティが、麻実の面倒をみてくれていた。チャールズが紹介してくれるMoMAの各部門長をインタビューしたり、ひたすら美術館やギャラリーのオープニング・レセプションに顔を出してネットワーク形成に励んだりするのが、麻実の仕事といえば仕事だった。だから、パティが何くれと面倒をみてくれるのを、ありがたいような申し訳ないような気持ちで受け止めていた。

パティは二十八歳だったが、シングルマザーで、八歳の娘を育てていた。最初から娘には父親が存在しなかった、という。生まれたばかりの赤ん坊を育てながら、パティはニューヨーク大学で美術史の聴講をし、通信教育で文学士の学位を取得した。

夢もあった。博士論文を書いて、Ph.D.を取得するのだ。「だって、博士号がなかったらこの世界で本気でやっていけないもの」と、パティはランチタイムに真顔で語って聞かせてくれたものだ。

アメリカの美術業界のヒエラルキー、キュレーターたちの恐るべきエリート意識について、実際、麻実も気になってはいた。各部門長にインタビューを申しこむときに、こちらのCV（経歴書）を先に提出しなければならないのだが、最終学歴が日本のW大学美術史学士であること。W大学の美術史学科は、日本では大変な権威なのだが、アメリカではいっこう通用しない。インタビュアーがPh.D.を持っているか否かで、MoMAの部門長たちはインタビューに臨む態度が明らかに違うようなのだ。

「どんなポジションだって、とにかくこの美術館に勤めてれば、『MoMA勤務』ってCVにも書けるじゃない？　博士号を取るのにも有利に働くと思うんだ」

パティはパートタイム勤務だった。それでもCVに「MoMA勤務」と書けることは、いずれどこかの大学に入学志願をするときも、また別の美術関係機関に転職するときも、きっと役に立つはずだと彼女は信じているようだった。

他のスタッフによれば、MoMAには「マイノリティー採用枠」というものがあって、黒人、ヒスパニック、身体障害者など、社会的弱者を積極的に採用する暗黙のルールがあるのだそうだ。母子家庭の母親もその仲間でしょ、だからパティは採用されたのよ、と同僚のコリンが帰りの地下鉄の中で平然と教えてくれた。コリンはブルネットの髪を「マドンナの真似して」黒く染めた白人だった。どうやらパティのことが気に入らないようだった。彼女は本物のニューヨーカーじゃないからね、家だってニュージャージーのうんとはずれのほうだしさ、などと言う。コリンは努力家の女が嫌いなのだ。彼女にとっては努力家というのはマイノリティーと同義語のようだった。

麻実は研修の一環として、アメリカ各地やヨーロッパ各国の美術館の視察に出かけた。先方とのアポイントを取ったり、航空券の手配をしたりするのはパティだった。日本の一企業の名前を言って美術館に視察を申しこんでも適当にあしらわれてしまうが、そんなときにはMoMAのブランド力は絶大だった。たいていはどんな美術館でも受け入れてくれる。いったいなんと言ってパティが麻実と彼女の所属する企業を紹介しているのかはわからなかったが、とにかくそうやって行けば、館長は無理でも、副館長かキュレーターにはまちがいなく会えるのだった。

パティはいつもてきぱきと視察の手配をしてくれたが、そう年が違わない彼女にアシスタントのような仕事を任せているのが、麻実はいつも気になった。

「いつも手伝ってもらってありがとう。ごめんね」

そんなふうに礼だか詫びだかわからないことを言ってしまったことがある。パティは笑って「平気よ《イッツ・オーケー》」と返した。それから、

「『ありがとう』と『ごめんなさい』を一緒に言うのって、日本の習慣なの？」

冗談めかして尋ねられてしまった。

　九月になってもまるで夏の天気が続いていた。

　麻実がニューヨークを去るまでに一週間を切っていた。その日、この二週間ほど、ずっと気になっていたことを、麻実はパティに打ち明けた。

「ねえ、MoMAのデザインストアのウインドウ・ディスプレイで、すごく気になることがあるんだけど。変えてほしいって、誰に言ったらいいかな？」

　話しかけるタイミングが悪かった。五時直前で、パティは大急ぎで帰り支度をしているところだった。彼女は展覧会のレセプションでもない限り、ほぼ毎日五時きっかりにオフィスを飛び出す。ニュージャージーの自宅で、娘がひとり、お腹を空かせて待っているのだ。

「なんですって？」パティは椅子から立ち上がると、少しいらついた声で言った。「デザインストアがどうかしたの？」

「急いでるみたいだから、明日にするわ」麻実はあわてて言った。「ごめんなさい」

　パティはため息をついた。そして、「あやまるくらいなら、言い出さなきゃいいのに」とつぶやいて、肩にかけていた黒い合成皮革のバッグをデスクにどさりと置いて、椅子へ逆戻りした。

「言いかけて途中でやめるなんて、なしよ。で、なんですって？　デザインストアが？」

パティがすっかり聞く態勢になったので、じゃあ、と麻実は自分の懸念を打ち明けた。

ＭｏＭＡ本館の通り向かいに、ＭｏＭＡデザインストアという店がある。ＭｏＭＡのデザイン部門コレクションになっているすぐれたデザインのさまざまなプロダクト――椅子から消しゴムまで――を販売している店で、観光スポットとしても人気があった。ショーウインドウは美術館の付属ショップらしく趣向を凝らしていて、季節や流行に合わせてさまざまなディスプレイが為されていた。

麻実は地下鉄の出口で毎朝ドーナツとコーヒーを買って、デザインストアの前あたりで朝食を終えるように歩く速度を調整していた。ドーナツの最後のひとかけらをコーヒーで流しこむのは、この店のショーウインドウの前と決めていた。ディスプレイをじっくり眺めてから、通りの向かい側にあるスタッフ用入り口に渡るのだ。クリスマスやイースターなど、サックス・フィフス・アヴェニューも顔負けの小粋なディスプレイを眺めるのは、通勤時の麻実の楽しみのひとつだった。

このストアで二週間ほどまえから「ニュー・ジャパネスク」という小規模なフェアが

始まった。ストアで扱っている日本の商品や日本的なデザイングッズを売り出そうというもので、それ自体はいい企画だと思った。

気になったのは、ディスプレイだった。和風の陶器の皿と、漆の椀とがパネルに貼付けられ、その周辺に赤と黒の塗り箸が何組か飾られている。その箸のすべてが「×」の形にクロスしているのだ。

麻実は、一目見て思わずショーウインドウの前に立ちすくんでしまった。何かが引っかかる。気持ちが悪いほどだった。例の紙カップをあおって残りのコーヒーを全部流しこんだが、何かが引っかかったままだった。

そのうちに、毎朝、そのショーウインドウの前を通るのが苦痛になった。「×」印の箸に、なぜそんなにも自分が苛《さいな》まれるのか不思議だった。

日本人はあんなふうに箸を置かないし、ディスプレイしたりしない。それをどうしても誰かに訴えたくなった。

あれを訂正せずして日本へは帰れない、とまで麻実は思い詰めた。ストアマネージャーに申し入れるべきだろうが、インターナショナル・プログラムに所属する日本からの「客人」として申し入れた方が効果的ではないか、と考えた。そこでパティに相談したというわけだ。

へたくそな英語で語られる麻実の話を辛抱強く全部聞き終わって、パティは、また小さくため息をついた。

「要するに、日本人として、箸がクロスしているのを見るのが耐えられない、ということね」

麻実はうなずいた。うなずいてから、それがどうして耐えられないことなのか説明していないことに気づいた。が、そのもやもやした感じを伝えられるほど彼女の英語は完璧ではなかった。

「どうしてなの」とパティは、ごく自然に訊いた。

「ナイフとフォークがクロスしてても、私ちっとも気にならないわよ」

麻実は、「うまく言えないけど……」と、もぞもぞと口の中で言った。ほんとうに、うまく言えるかどうかわからなかった。

「日本では、ふつう、箸は揃えて手前に置かれるものなの。それを両手で取って、こう……ご飯を食べる」

箸を両手で持ってから、右手に持ち替え、茶碗を左手に持って食べる仕草をして見せた。それから、ふと、箸——コメ——神、とパズルのピースがぽとんぽとんと落ちてきた。

「わからないけど……箸でコメを食べるでしょ。日本では、コメは古来、神が宿ると言われているの。この三つが、繋がっているような気がする。だから、箸がかたち通りにきちんと揃ってないと、神様に悪いっていうか」

「神様に悪い……」パティはつぶやいて、くしゃみをする直前のような、奇妙な表情になった。

ずいぶんおおげさなことを言っているな、と麻実はなんとなく恥ずかしくなった。けれど、「×」印の箸を見るいたたまれなさは、結局はそういうことなのかもしれなかった。

「もういいかな」パティは気の抜けた声を出した。「帰っても」

もちろん、と麻実は言った。そして、ごめんね、とまたあやまった。それに対して、彼女はいつも通り、イッツ・オーケー、とだけ応えた。そして、さっさとオフィスを出ていった。

翌朝、いつものようにドーナツとコーヒーを買って、デザインストアの前を通りかかった麻実は、目を疑った。

ショーウインドウに飾られていた「×」印の箸が、すべて、きちんと揃って水平に並べられていたのだ。

麻実は、立ち止まってそのディスプレイを眺めた。ティファニーのショーウインドウだって、そんなに長い時間覗きこんでいたことはない。赤と黒の塗り箸を眺めながら、なぜだか涙がこみ上げてきてしまって、困った。

麻実は、パティのことを思った。ニュージャージー行きの電車に揺られながら、娘に食べさせる夕食の献立を思い浮かべながら、どうやってストアマネージャーに連絡を取り、一刻も早く「×」印の箸を水平にしてもらうか、考えてくれたに違いない。コメだの神だの、おかしなことを言い出した、日本からのやっかいな客人である麻実のことを思って。

それは、彼女にとっては「業務」の一環にすぎないことだったかもしれない。

それでもよかった。よく、わかった。彼女がいかに仕事のできる人であるか。どんなに些細なことであれ、問われたことに対して最大限の努力で応えようとする人か。ニューヨークにいられてよかった。彼女のような人にあえてよかったと、麻実の中で何かがすとんと腑に落ちた瞬間だった。

一年間慣れ親しんだ美術館のオフィスを、麻実が去る日がやってきた。

あいにく、その日、パティは娘が急に高熱を出したということで、病院に連れていかなければならなくなり、オフィスには現れなかった。電話をかけてきたパティは『ごめんね』と言った。珍しく、いや、一緒に過ごした一年間で初めて、あやまった。『実は、お別れのプレゼントを用意していたの。私のデスクの一番上の引き出しを開けてみて。ギフトの包みが入っているから』

引き出しの中に、銀色のラッピングペーパーで包まれたギフトが入っていた。麻実は待ちきれずに、すぐさま開けてみた。

赤と黒の塗り箸が現れた。メッセージが添えられている。「ひとつはあなたのもの。もうひとつは、私が日本へ行ったときに私が使うもの」。麻実は思わず微笑んだ。

ランチタイムに、いつものドーナツスタンドに立ち寄った。もうすっかり顔なじみの、ヒスパニック系のコーヒー売り、ジェシーが、「やあ、また来たね」と声をかけた。その日の朝も、麻実は、いつも通りにコーヒーとドーナツを買い求めたのだった。これが最後、と思いながら。

「ランチかい？　ホットドッグがあるよ。ベーグルも。何にしようか」

麻実は首を横に振った。そして、「コーヒーをふたつ。ひとつはミルクと砂糖入り、もうひとつは空っぽで」と注文した。

「空っぽで？」とジェシーが返す。麻実はもう一度、うなずいた。

右手に熱いコーヒーを、左手に空っぽの紙カップを持って、オフィスへと帰る。途中、デザインストアのショーウインドウを覗いた。「バック・トゥ・スクール」と元気のいいポップが掲げられ、ノートやペンがにぎやかに窓を飾っている。

デスクへ戻ると、麻実は、空っぽの紙カップの文字――We Are Happy To Serve You.――「We Are」と、「Serve」の中の「rv」の二文字を、サインペンで黒く塗りつぶした。

Happy To See You.――あえてよかった。

そのカップを、パティのデスクの真ん中に置いた。せいせいと明るい心持ちで、麻実はその日、オフィスを後にした。

マンハッタンの先っぽでは、ふたつのタワーが燦々と発光していた。あの街を、世界を、静かに、等しく照らし出していた。

解説

朽木ゆり子

今も昔も、ニューヨークへ行く人が最初に訪れる美術館はMoMAだ。私もそうだった。一九七〇年代末コロンビア大の大学院へ留学したとき、まず見に行ったのがMoMA。今は日本でもMoMAという愛称が定着しているが、当時はニューヨーク近代美術館を略してニューヨーク近美と呼ばれており、建物も小さく地味だった。

私がMoMAへ行った目的は、ピカソの〈ゲルニカ〉を見るためだった。そのときはまだMoMAに保管されていたのである。原田さんの『暗幕のゲルニカ』にもあるように、〈ゲルニカ〉はピカソが一九三七年のパリ万博のために、スペイン内戦時のゲルニカ無差別爆撃を主題として描いた大型絵画である。一九三九年、展覧会のためにアメリカに送られて各地を巡回した後にMoMAで保管され、第二次世界大戦勃発後もそのままMoMAに留まった。戦後はヨーロッパで何度か展示されたが、ピカソ本人がフランコ独裁を理由にスペインへの返還を拒み、結局四十二年間MoMAで保管され続けた。

国際政治学専攻だった私は、反ファシスト運動のシンボルとして難民のように世界を流浪するこの絵に興味を持ち、ニューヨークへ行ったら絶対に見ようと考えていたのだ。そう、原田さんの世界と私の興味は大いに重なるところがあるのだ。

残念ながらMoMAで〈ゲルニカ〉を見たときのことは、いまではあまりよく覚えていない。むしろ、ジャクソン・ポロックやマーク・ロスコといったそれまで見たことがなかったタイプの抽象画の強烈さに驚き、写真コレクションに興味を持ったことを覚えている。改めて九〇年代にニューヨークに住むようになってからも、MoMAは私にとって新しいアートに出会う刺激的な場所であり、また楽しい遊び場であり続けている。

『モダン』は、このMoMAを舞台にした原田さんの短編小説集で、MoMAの所蔵品やそこで働く人たちがストーリーの核となっている。展示品として登場するのはワイエスの〈クリスティーナの世界〉、ピカソの〈アヴィニョンの娘たち〉、〈鏡の前の少女〉、〈ゲルニカ〉、ルソーの〈夢〉、〈眠れるジプシー女〉、そしてモネの〈睡蓮〉などなど、おなじみの名画ばかりだ。

しかし、物語ではこれらの名画を扱う人たちにスポットライトがあたっている。そして、素晴らしい着眼点だなと思うのは、MoMAで働いていた実在の人物、あるいはそれらの人物をモデルにしたと思われる登場人物が、原田さんの世界を闊歩している点だ。というのは、アメリカの美術館は個人のキャラクター抜きでは語れないからだ。私たちのほとんどは東京国立博物館や東京都現代美術館の館長が誰なのか知らないが、いまニューヨーカーにMoMAと言えば、ほぼ全員がグレン・D・ローリー館長の名前と顔を思い浮かべるだろう。一九九五年に着任してからすでに二回の大改装を実行して、一部からは拡張主義者と批判され（隣接するアメリカン・フォーク・アート美術館の地所を獲得し、建物を壊してMoMAの建物を拡張した）ているが、同時にモダン・アートに対するその知識と熱意は折り紙つきだ。この政治家と熱血教師を混ぜたような個性の強いキャラクターが存在してこそ、MoMAは世界一のモダン・アート美術館として君臨していられるのだ。

そして、ローリー館長よりもっと重要なキャラクターが本書の「ロックフェラー・ギャラリーの幽霊」と「私の好きなマシン」に登場するアルフレッド・H・バーだ。二十七歳の若さでMoMAの初代館長兼学芸員となり、一九六七年に引退するまでの間にMoMAを世界的な美術館へと導いた希有な人材だ。彼は絵画・彫刻だけでなく、ドローイング、版画や挿絵入書籍、映画、写真、建築とデザインといった部門を作った。私たちが写真や映画、そして建築やデザインをアートとして扱うようになったルーツはまさにこの人にある。

一九八一年に彼が亡くなったとき、ニューヨーク・タイムズ紙はその死亡記事でバーを「内気な学者と見事な興行師という矛盾を併せ持ったこの〈ザ・モダン〉の魂は、恐らく二十世紀でもっとも革新的で影響力を持った男だった」と書いた。〈ザ・モダン〉というのはMoMAのニックネーム（原田さんのこの小説集のタイトルもそこから来ている）だが、〈ザ・モダン〉の魂（ソール・オブ・ザ・モダン）というのは最高の褒め言葉ではないか。

原田さんはこのアルフレッド・H・バーを小説世界に引っ張り出した。MoMAの監視員に「病弱で、家にこもって勉強ばかりしているインテリタイプの男」と形容させているが、実際のアルフレッド・H・バーも、写真で見る限り端正な小顔に短い髪をきちっと七三に分け、銀縁の眼鏡をかけた学者風の容貌だった。常にスーツにタイ姿。靴は写真では見る事はできないけれど、原田さんが書くようにいかにもウィング・チップをはいていそうだ。

このバーが、〈アヴィニョンの娘たち〉や〈鏡の前の少女〉の前に忽然と現れる、というのが「ロックフェラー・ギャラリーの幽霊」のストーリーだと思える——少なくとも、監視員のスコット・スミスにはそう見えた——のだが、実は話はそのように展開しないというのがこの短編の面白い点だ。話が違う方向へ行くというか、解釈が色々できるというか、ミステリーというか、このあたりは小説家が発揮することができる（そして、ノンフィクションを書く私には大変羨ましい）「発想の飛躍」という必殺技の見せ所である。

監視員スコットは、この本の登場人物の中で私が一番気に入っている人物である。彼が仕事帰りに立ち寄るバーというのがまた面白そうで、いかにもクィーンズのジャクソン・ハイツあたりにありそうな店なのだが、カーヴァーの小説のタイトルから店の名前を取ったという村上春樹顔負けの店主や、二十年前にピカソの大回顧展へ行ってカタログを買い、しかもそれをまだ持っているインテリおじさんやPS1でパフォーマンスを見せたアーティストなどが常連なのだ。こんなバーに行ってみたいものだ。

原田さんはたしかどこかで「監視員は美術品と一番長い間時間を共にする」というようなことを書いていたが、監視員に思い入れがあるらしく、魅力的な監視員を描くのがうまい。私はこの短編を読んでから、MoMAへ行く度に各展示室の監視員さんたちを秘かに観察するようになったが、みんな（若い人はいない）特徴ある人生を歩んできたような独特の風貌の持主で、大変興味深い。

アルフレッド・H・バーは「私の好きなマシン」にも登場し、主人公で工業デザイナーであるジュリアのメンターという役目を果たしているが、この短編の本当の意図はMoMAに建築・デザイン部門を作ったバーに対するオマージュなのではないだろうか。

工業デザインをアートとして扱うMoMAの努力が、ミッドセンチュリー・デザインからアップル社へと繋がっていくアメリカ企業のデザイン重視の姿勢に結びついていくように思える。

一方、「新しい出口」に登場するチーフ・キュレーターのティム・ブラウンは『楽園のカンヴァス』の主人公のひとりで、原田マハ小説世界のセレブでもある。かつての彼の上司が一字違いのトム・ブラウン。このふたりは、MoMAの絵画・彫刻部門のチーフ・キュレーターだったウィリアム・ルービンとカーク・ヴァネドゥーをモデルにしているのではないか、と私は勝手に思っている。

ルービンはバーの後継者と言われる学究肌のキュレーターで、一九八〇年に行われたピカソ大回顧展を実現させた人物。彼が一九八八年に引退するときに後任に指名したのが才能とカリスマを併せ持ったカーク・ヴァネドゥーだった。ヴァネドゥーも学者肌だし、ルービンの弟子として一緒に展覧会を企画したこともある。トムとティムの組み合わせに、ぴったりだという私の推測は当たっているだろうか。MoMAの歴史をよく知っている原田さんだから、私の推測もついエスカレートしてしまう。

ちなみに、現在の絵画・彫刻部門のチーフ・キュレーターはアン・テムキンという女性だ。いつか彼女がモデルのキャラクターが登場する小説が誕生するのではないか、とこれも勝手に期待している。

もっとも原田さんには「登場人物は、いろんな人の要素は混じっていますが、最終的にはどこにもいないキャラクターとして私が完成させたんですよ」と言われそうだ。そんなキャラクターたちが日本人に限定される必要はないと私は思う。「モダン・アートの王国」であるMoMAは、多様性を重んじるニューヨークの現代的な職場でもあるのだから。これらの短編の中にはMoMAで働く日本人女性たちが何人か登場するが、監視員スコット・スミスのようなアフリカ系アメリカ人も、また9・11で同僚を亡くしたトラウマに苦しんでMoMAを去っていくローラ・ハモンドのような女性もいる。そして、ニューヨークの9・11（アメリカ同時多発テロ事件）と東北の3・11（東日本大震災）をつなぐ糸が通奏低音となってこれらの短編を支えている。

『モダン』は、ニューヨーク、モダン・アート、美術業界、大都会暮らし、といった多様なテーマの中で、自分が興味を持っているディテールを拾って楽しむことができる。美術館の仕事がわかるという意味で教科書的な側面もある。そして、MoMAが舞台となっている原田さんの長編『楽園のカンヴァス』と『暗幕のゲルニカ』のコンパニオン・ブックとしても読める短編集だ。

（ノンフィクション作家・美術ジャーナリスト）

初出
「中断された展覧会の記憶」「オール讀物」2011年12月号
「ロックフェラー・ギャラリーの幽霊」「オール讀物」2012年11月号
「私の好きなマシン」「オール讀物」2013年6月号
「新しい出口」（「アンリ、パブロ」を改題）「オール讀物」2014年7月号
「あえてよかった」「IN THE CITY」(TOKYO CULTUART by BEAMS) 2号

単行本　2015年4月　文藝春秋刊

DTP制作　萩原印刷

協力
ニューヨーク近代美術館
福島県立美術館
Special thanks to : The Museum of Modern Art

文春文庫

モダン

定価はカバーに
表示してあります

2018年4月10日　第1刷
2025年5月25日　第9刷

著　者　原《はら》田《だ》マハ
発行者　大沼貴之
発行所　株式会社 文藝春秋

東京都千代田区紀尾井町 3-23　〒102-8008
TEL 03・3265・1211㈹
文藝春秋ホームページ　https://www.bunshun.co.jp

落丁、乱丁本は、お手数ですが小社製作部宛お送り下さい。送料小社負担でお取替致します。

印刷・TOPPANクロレ　製本・加藤製本　Printed in Japan
ISBN978-4-16-791046-4

（　）内は解説者。品切の節はご容赦下さい。

林　真理子
最高のオバハン
中島ハルコの恋愛相談室
中島ハルコ、52歳。金持ちなのにドケチで口の悪さは天下一品。嫌われても仕方がないほど自分勝手な性格なのに、なぜか悩み事を抱えた人間が寄ってくる。痛快エンタテインメント！
は-3-51

馳　星周
アンタッチャブル
ドジを踏んで左遷された宮澤と、頭がおかしくなったと噂される公安の〝アンタッチャブル〟椿。迷コンビが北朝鮮工作員のテロ計画を追う！　著者新境地のコメディ・ノワール。（村上貴史）
は-25-9

馳　星周
少年と犬
犯罪に手を染めた男や壊れかけた夫婦など傷つき悩む人々に寄り添う一匹の犬は、なぜかいつも南の方角を向いていた。人と犬の種を超えた深い絆を描く直木賞受賞作。（北方謙三）
は-25-10

原田マハ
キネマの神様
四十歳を前に突然会社を辞め無職になった娘と、借金が発覚したギャンブル依存のダメな父。ふたりに奇跡が舞い降りた！　壊れかけた家族を映画が救う、感動の物語。（片桐はいり）
は-40-1

原田マハ
お帰り　キネマの神様
映画人の熱い想いと挑戦を描いた「キネマの神様」は、山田洋次監督の手で原作小説が大幅に変更され製作された名作。その映画に感銘を受けた原作者の原田が、映画を自らノベライズ。
は-40-7

原田マハ
太陽の棘《とげ》
終戦後の沖縄。米軍の若き軍医・エドは、沖縄の画家たちが集団で暮らすニシムイ美術村を見つけ、美術を愛するもの同士として交流を深めるが…。実話をもとにした感動作。（佐藤　優）
は-40-2

原田マハ
美しき愚かものたちのタブロー
美術館創設という夢を実現するため、絵を一心に買い集めた男がいた。しかし、戦争が起き、絵画は数奇な運命を辿り……。〝松方コレクション〟流転の歴史を描く傑作長編。（馬渕明子）
は-40-6

文春文庫　エンタテインメント

（　）内は解説者。品切の節はご容赦下さい。

濱　嘉之
警視庁公安部・青山望
完全黙秘

財務大臣が刺殺された。犯人は完黙し身元不明のまま。捜査する青山望は政治家と暴力団・芸能界の闇に突き当たる。元公安マンが圧倒的なリアリティで描くインテリジェンス警察小説。

は-41-1

濱　嘉之
警視庁公安部・片野坂彰
紅旗の陰謀

コロナ禍の中、家畜泥棒のベトナム人が斬殺された。警視庁公安部付・片野坂彰率いるチームの捜査により、中国の国家ぐるみの〝食の簒奪〟が明らかに。書き下ろし公安シリーズ第三弾！

は-41-43

濱　嘉之
警視庁公安部・片野坂彰
群狼の海域

地方公務員への国際結婚斡旋にロシアンマフィアが暗躍。警視庁の片野坂彰チームの更なる調査で、日本の防衛情報が盗まれている事実が判明した。片野坂は決戦の場を日本海に定め――。

は-41-44

濱　嘉之
警視庁公安部・片野坂彰
天空の魔手

ドローン競技大会や新進のゲーム会社を訪れた片野坂彰。中国による台湾侵攻への対抗策を練るが……激変する世界情勢の中、日本を守る公安マンたちの活躍を描く大人気シリーズ第五弾！

は-41-45

羽田圭介
スクラップ・アンド・ビルド

「死にたか」と漏らす八十七歳の祖父の手助けを決意した健斗の意外な行動とは!?　人生を再構築中の青年は、祖父との共生を通して次第に変化してゆく。第153回芥川賞受賞作。

は-48-2

蜂須賀敬明
横浜大戦争

保土ケ谷の神、中の神、金沢の神――ある日、横浜の中心を決めるため、神々の戦いが始まる。はたして勝者は？　ハマに大旋風を巻き起こす超弩級エンタテイメント！　未体験ゾーンへ！

は-54-2

蜂須賀敬明
横浜大戦争　明治編

「ハマ」を興奮の渦に巻き込んだ土地神たちが帰ってきた！　今回は横浜の土地神たちが明治時代にタイムスリップ。前代未聞の大ボリュームで贈る特別付録「神々名鑑と掌編」も必読！

は-54-3

（　）内は解説者。品切の節はご容赦下さい。

バイク川崎バイク
BKBショートショート小説集 電話をしてるふり
思わず涙するドラマ化もされて話題の表題作や、巧みなユーモアに笑い展開に驚くショートショートなど、見えていた世界がガラリとかわる50篇。モモコグミカンパニーとの対談も収録。
は-58-1

東野圭吾
レイクサイド
中学受験合宿のため湖畔の別荘に集った四組の家族。夫の愛人が殺され妻が犯行を告白、死体を湖に沈め事件を葬り去ろうとするが……。人間の狂気を描いた傑作ミステリー。（千街晶之）
ひ-13-5

東野圭吾
手紙
兄は強盗殺人の罪で服役中。弟のもとには月に一度、獄中から手紙が届く。だが、弟が幸せを摑もうとするたび苛酷な運命が立ち塞がる。爆発的ヒットを記録したベストセラー。（井上夢人）
ひ-13-6

辻村深月・伊坂幸太郎・阿川佐和子
恩田　陸・柚木麻子・東野圭吾
時ひらく
350年の長い時を刻んできた老舗デパート。楽しいときも悲しいときも、いつでも迎えてくれる場所。過去と今が繫がっていく、人気作家6人が紡ぐ心揺さぶる物語。文庫オリジナル。
ひ-13-51

姫野カオルコ
彼女は頭が悪いから
東大生集団猥褻事件で被害者の美咲が東大生の将来をダメにした〝勘違い女〟と非難されてしまう。現代人の内なる差別意識に切り込んだ社会派小説の新境地！　柴田錬三郎賞選考委員絶賛。
ひ-14-4

姫野カオルコ
青春とは、
名簿と本から蘇る、地方の共学の公立高校時代の鮮明な記憶。スマホもコンビニもなく家より学校が居場所だったあの頃。恥ずかしさも理不尽さもすべてが青春だった。（タカザワケンジ）
ひ-14-5

東山彰良
僕が殺した人と僕を殺した人
一九八四年台湾。四人の少年は友情を育んでいた。三十年後、人生の歯車は彼らを大きく変える。読売文学賞、織田作之助賞、渡辺淳一文学賞受賞の青春ミステリ。（小川洋子）
ひ-27-2

（　）内は解説者。品切の節はご容赦下さい。

東山彰良
小さな場所
台北の猥雑な街、紋身街。食堂の息子、景健武は、狡猾で強欲なだらしない大人たちに囲まれて、大人への階段をのぼっていく……。切なく心に沁み入る傑作連作短編集。（澤田瞳子）
ひ-27-3

平山夢明
デブを捨てに
「うで」と「デブ」どっちがいい？　最悪の状況、最低の選択。究極の選択から始まる表題作をはじめ〈泥沼〉の極限で咲く美しき〝クズの花〟〈最悪劇場〉四編。（杉江松恋）
ひ-29-1

百田尚樹
幻庵《げんなん》（全三冊）
「史上最強の名人になる」囲碁に大望を抱いた服部立徹、幼名・吉之助は、後に「幻庵」と呼ばれ、囲碁史にその名を刻む風雲児だった。天才たちの熱き激闘の幕が上がる！（趙　治勲）
ひ-30-1

藤田宜永
愛の領分
仕立屋の淳蔵はかつての親友夫婦に招かれ、昔追われるように去った故郷を三十五年ぶりに訪れて佳世と出会う。二人は年齢差を超えて惹かれ合うのだが……。直木賞受賞作。（渡辺淳一）
ふ-14-6

藤原伊織
テロリストのパラソル
爆弾テロ事件の容疑者となったバーテンダーが、過去と対峙しながら事件の真相に迫る。乱歩賞&直木賞をダブル受賞した不朽の名作。逢坂剛・黒川博行両氏による追悼対談を特別収録。

ふ-16-7

古川日出男
ベルカ、吠えないのか？
日本軍が撤収した後、キスカ島にとり残された四頭の軍用犬。彼らを始祖として交配と混血を繰り返し繁殖した無数のイヌが、あらゆる境界を越え、〝戦争の世紀＝二十世紀〟を駆け抜ける。

ふ-25-2

福澤徹三
俠飯《おとこめし》
就職活動中の大学生が暮らす1Kのマンションに転がり込んできたヤクザは、妙に「食」にウルサイ男だった！　まったく異質なふたつが交差して生まれた、新感覚の任俠グルメ小説。

ふ-35-2

（　）内は解説者。品切の節はご容赦下さい。

藤崎彩織
ふたご
彼はわたしの人生の破壊者であり、創造者だった。異彩の少年に導かれた孤独な少女。その苦悩の先に見つけた確かな光とは。第158回直木賞候補となった、鮮烈なデビュー小説。（宮下奈都）
ふ-46-1

藤野恵美
淀川八景
陰惨な家庭をサバイブした姉妹、婚活バーベキューにいそしむ男女、妻から逃れるように淀川縁を歩く夫、気儘に暮らす個人投資家——大阪人の機知と哀愁があふれる短編集。（北上次郎）
ふ-49-1

誉田哲也
武士道セブンティーン
スポーツと剣道、暴力と剣道の狭間で揺れる17歳、柔の早苗と剛の香織。横浜と福岡に分かれた二人は、別々に武士道とは何かを追い求めてゆく。「武士道」シリーズ第二巻。（藤田香織）
ほ-15-3

誉田哲也
増山超能力師事務所
超能力が事業認定された日本で、能力も見た目も凸凹な所員たちが、浮気調査や人探しなど悩み解決に奔走。異端の苦悩や葛藤を時にコミカルに時にビターに描く連作短編集。（城戸朱理）
ほ-15-7

誉田哲也
増山超能力師大戦争
超能力関連の先進技術開発者が行方不明となり、妻から調査を依頼された事務所の面々。だが、やがて所員や増山の家族にも危険が及び始めて——。人気シリーズ第二弾。（小橋めぐみ）
ほ-15-9

本城雅人
崩壊の森
日本人記者・土井垣侑が降り立ったソ連は「特ダネ禁止」の場所だった。謎の美女、尾行、スパイ。ソ連崩壊を巡る情報戦を圧倒的リアルさで描くインテリジェンス小説の傑作！（佐藤　優）
ほ-18-5

万城目　学
プリンセス・トヨトミ
東京から来た会計検査院調査官三人と大阪下町育ちの少年少女が、四百年にわたる歴史の封印を解く時、大阪が全停止する!?万城目ワールド真骨頂。大阪を巡るエッセイも巻末収録。
ま-24-2

（　）内は解説者。品切の節はご容赦下さい。

真山　仁
コラプティオ
震災後の日本に現れたカリスマ総理・宮藤は、原発輸出を推し進めるが、徐々に独裁色を強める政権の闇を暴こうとするメディアとの暗闘が始まる。謀略渦巻く超本格政治ドラマ。（永江　朗）
ま-33-1

真山　仁
売国
日本が誇る宇宙開発技術をアメリカに売り渡す「売国奴」は誰だ⁉　検察官・冨永真一と若き研究者・八反田遙。そして「戦後の闇」が二人に迫る。超弩級エンタメ。（関口苑生）
ま-33-2

真山　仁
標的
東京地検特捜部・冨永真一検事は、初の女性総理候補・越村みやび厚労相の、サービス付き高齢者向け住宅をめぐる疑獄を追う。「権力と正義」シリーズ第3弾！（鎌田　靖）
ま-33-3

真山　仁
神域
アルツハイマー病を治す「奇跡の細胞」を巡る日米の鍔迫り合い。老人たちの失踪事件を追う刑事が見たものは？　バイオ・ビジネスの光と闇を描く迫真の医療サスペンス！（香山二三郎）
ま-33-4

又吉直樹
火花
売れない芸人の徳永は、先輩芸人の神谷を師として仰ぐようになる。二人の出会いの果てに、見える景色は。第一五三回芥川賞受賞作。受賞記念エッセイ「芥川龍之介への手紙」を併録。
ま-38-1

水野敬也
雨の日も、晴れ男
二人の幼い神のいたずらで不幸な出来事が次々起こるアレックスだが、どんな不幸に見舞われても前向きに生きていく……人生で一番大切な事は何かを教えてくれる感動の自己啓発小説。
み-35-1

三浦しをん
まほろ駅前多田便利軒
東京郊外〝まほろ市〟で便利屋を営む多田のもとに、高校時代の同級生・行天が転がりこんだ。通常の依頼のはずが彼らにかかると、ややこしい事態が出来《しゅったい》して。直木賞受賞作。（鴻巣友季子）
み-36-1